LE POTAGER DES OUBLIÉS

Agathe Vaur

Aux anges de nos familles

«Il faut cultiver son jardin.»
Voltaire, *Candide*

Une belle bâtarde anglaise. C'est ce qu'elle méritait. Cette phrase sur mes cartes de visite.

«Les mots ne viennent au monde que si l'on a besoin d'eux.»

Traits légèrement incurvés, angle de plume à 45°, hauteur de corps: 3 à 4 becs de plume. Magnifique. Guitry aurait pu l'écrire en pensant à moi. Nous aurions été d'excellents collaborateurs, c'est certain. Que de beaux titres nous aurions créés lui et moi. Quand je la lis, je me dis :«Ce cher vieux Sacha...» Bien entendu, Guitry est mort depuis belle lurette. Mais, s'il vivait encore, il serait venu dans mon magasin, je lui aurais montré mes cartes de visite et nous aurions bien ri.

Ne restez pas sur le seuil, voyons, ne soyez pas timide, entrez ! Je vous attendais. Je n'ai jamais reçu de stagiaire mais votre lettre m'a plu et votre nœud papillon me fait dire que je ne me suis pas trompé. Enfin, nous verrons. Ne faites pas attention aux clients qui vont et viennent, surtout !Oui, le jeune garçon qui vient de sortir est un client. Il n'y a pas d'âge, vous savez, pour la création. Il est venu chercher son titre, emballé dans son papier de soie rouge : "Horizon vertical". Une histoire de science-fiction, sur un monde parallèle où l'apesanteur inversée oblige les protagonistes à porter des semelles de plomb. L'affaire

7

a failli ne pas se faire. J'avais pensé à 'Objectif Terre' mais la référence à Tintin l'a laissé de marbre. «Tintin? C'est celui qui est habillé en groom? Mon père le lisait... trucs de viocs.Trouvez autre chose.» Je ne refuse jamais un client, quels que soient le contenu et la qualité de son ouvrage, mais là, je lui aurais bien jeté l'album à la tête si je n'avais craint d'abîmer la dix-septième aventure d'Hergé. Le benêt confondait Tintin et Spirou! Enfin, il est reparti content, c'est l'essentiel. Ça peut paraître consensuel, voire lâche, d'accepter de traiter tous les ouvrages. Je n'ai pas d'avis à donner sur le fond, mais cela ne m'empêche pas d'en avoir un. Cette aventure scientifico-burlesque sera un navet mais permettra sans doute au jeune impoli d'en écrire de meilleures ?

Je ne suis pas éditeur, je suis titreur. Un ouvrier des lettres, passionné par les mots et leurs jeux. Ce n'est pas parce que les histoires sont mal écrites qu'elles n'ont pas le droit d'avoir un titre. Après tout, elles n'ont rien demandé: c'est l'auteur qui est mauvais, qui n'a pas su mettre les mots dans le bon ordre. Ceux-là ont tout de même le droit d'être lus. Avec un bon titre, les histoires ont une chance, elles se sentent soutenues. Je suis un peu comme l'avocat commis d'office des mauvais romans : leur dernier espoir d'avoir de la dignité. Ne vous méprenez pas, je préfère quand même travailler sur des ouvrages de qualité. Trouver l'écrin de velours noir qui met en valeur le bijou. Personne n'aurait l'idée saugrenue de présenter une rivière de diamants sur un bout d'essuie-tout, n'est-ce pas? Pour les livres, c'est pareil. Les meilleurs romans ne sont rien sans un bon titre.

Passons au salon, vous voulez bien? Nous serons plus au calme. J'ai un thé rouge du Kenya qui convient parfaitement à cette heure de la journée. Alors, comme ça, mon travail vous intéresse et vous voudriez que je vous forme au métier ? Je ne vous cache pas que votre demande me met dans l'embarras mais je tenais tout de même à vous recevoir. C'est un peu compliqué pour moi, la cohabitation. Je suis assez...solitaire. C'est un métier qui demande calme et concentration. D'où l'importance d'une boutique bien ordonnée. L'endroit vous plaît ? C'est bien loin du charme d'antan, pourtant. La boutique ne s'est pas toujours située ici, voyez-vous... Mais je ne veux pas vous embêter avec mes histoires... si ? Ça vous intéresse ? Allez, votre regard m'est sympathique, je vous raconte. Par où commencer? Par un titre, bien sûr.

I

ORFÈVRERIE LITTÉRAIRE

En lettres d'or au-dessus de la porte. Voilà ce qu'on pouvait lire sur la devanture de mon magasin. Il se trouvait sur une place au bout d'une impasse, cour intérieure bordée de pommiers et illusoirement protégée du monde par une porte cochère dont il ne restait que l'arcade. J'avais ajouté une petite table et deux chaises pour nos parties de Scrabble. Je jouais avec le taxidermiste qui officiait en face. Il était un peu fêlé, je l'avoue. Je l'appelais Lanimal et il ne s'en formalisait pas. Il me surnommait Virgule et ça me plaisait. Il était toujours accompagné de son chinchilla empaillé « dont le pelage gardait un toucher d'une douceur exceptionnelle grâce à un procédé révolutionnaire » d'après lui. Cette brave bête l'aidait à se concentrer, expliquait-il. Et c'est vrai qu'il n'avait pas son pareil pour poser des scrabbles sur la case « mot compte triple ». Avant, bien sûr. Avant le drame.

On ne venait pas là par hasard. Les gens qui osaient aller au bout de notre impasse et pousser la porte de mon magasin étaient des auteurs en mal de mots. J'aimais bien ajouter un brin d'humour face aux plus déprimés qui faisaient tinter le carillon de la porte, en citant Sénèque : « *Les petits MAUX sont loquaces mais les grandes peines sont muettes.* » L'homonymie, quand ils la comprenaient, ne faisait souvent rire que moi, pour être honnête.

Parmi mes grands succès de titreur, on peut citer 'Essences rares ', pamphlet sur le scandale de la hausse du pétrole ; 'La dent de l'œuf', roman policier décrivant les agissements criminels d'un éleveur de poussin psychopathe ; 'La tête sur le billot', analyse cynique de l'adultère dans la société victorienne, ou 'Regarde-moi quand tu pars', drame conjugal qui a d'ailleurs été adapté pour la télévision. Un de mes favoris reste 'L'assassin était dans le vestibule', un traité sur le cancer de l'oreille. Il y a aussi 'Mariage de gousses', titre créé pour une intrigue amoureuse antillaise entre maître et esclave au XVIIIe siècle, mais finalement vendu à une romancière réunionnaise pour son autobiographie sulfureuse. Je n'aime pas trop proposer un titre prévu pour un livre à un autre. Mais, dans ce cas précis, le choix reste cohérent : on cultive les gousses dans les deux îles. On dit qu'on « marie la vanille » quand on fait la pollinisation forcée des fleurs, afin d'en obtenir les fruits. C'est un processus manuel effectué tôt le matin avant que la fleur, qui ne s'ouvre que quelques heures par jour, se referme, craignant la pluie et la chaleur.

C'est délicat la fleur de vanille.

Les titres refusés par les auteurs finissaient dans le panier des Occasions, à l'entrée. Je préfère fabriquer un titre à partir d'une histoire, mais enfin quand ils sont créés, c'est dommage qu'ils ne servent pas. Je fais tout de même un rabais de 50%, ce qui n'est pas négligeable. Auteur est un métier difficile qui ne fournit pas toujours son pain quotidien. Ainsi les clients pressés pouvaient venir farfouiller dans les occasions pour trouver leur bonheur.

Lanimal pensait que mon enseigne était trop pompeuse, et il n'aimait pas ma boutique. Il me l'avait dit sans ambages. A quoi j'avais répondu que l'ensemble devait être trop propre pour lui. Pour ma part elle était parfaite. Les murs latéraux étaient couverts de minces tiroirs en bois du sol au plafond. Très beau travail de Gaïac, ébéniste, inspiré des meubles de métier d'herboristerie, avec l'échelle en sus. Il s'en dégageait une bonne odeur d'encaustique. J'étais séparé des clients par un meuble de mercerie en chêne, éclairé par des spots installés dans la poutre du plafond, afin de bien mettre en lumière le titre quand je le présentais. Il faut savoir qu'un célèbre film sur des sorciers s'est inspiré de mon magasin pour figurer celui du vendeur de baguettes. Absolument. Ils sont même venus jusque-là pour prendre des photos. Je l'avais dit à Lanimal qui s'était contenté d'un rictus incrédule en caressant son chinchilla, sans rien rétorquer, le bougre.

Sur chaque tiroir, une plaque en tôle émaillée portait le nom d'un thème, d'une idée générale. Quand on cherche un titre, le dictionnaire n'est d'aucun secours. Il faut faire appel à une carte heuristique. C'est un schéma censé représenter le fonctionnement de la pensée et qui permet de visualiser la progression du cerveau jusqu'à l'association d'idées cohérentes pour l'œuvre. C'est tout simple, une feuille et quelques crayons de couleur vous permettent de créer votre propre carte heuristique. Vous mettez un mot au milieu et vous laissez votre esprit faire le reste. Seulement, dans mon métier je dois être rapide. Car si le plaisir de la recherche équivaut pour Sherlock Holmes à résoudre une énigme, il n'en demeure pas moins que, moi, j'ai des délais. J'ai donc au préalable effectué un travail de tri. Les tiroirs renferment les mots, gravés sur des plaques semblables aux jetons de casino, et classés à ma convenance selon des thèmes assez larges : bien et mal, beauté, religion, amour, vengeance et pardon, souffrance, mort, bonheur, etc. Mais aussi des choses plus terre à terre comme : 'métier','champignon mortel', 'cuisine', 'hygiène', 'gâteaux à la crème' ou 'maquillage'. Vous voyez le principe. Plus hauts sont les tiroirs, plus noirs sont les thèmes. 'Mensonge', 'meurtre' ou 'haine' sont tout là-haut. En bas, nous trouvons plutôt 'jeu', 'gaieté', ou 'gourmandise'. Je préfère que les idées noires ne restent pas trop à ma portée.

Je travaille sur un grand tableau magnétique que je fais descendre du plafond par un astucieux système de poulies. Après lecture du projet ou de son résumé, je commence par choisir un tiroir ou deux, selon mon inspiration. Je farfouille dedans, y trouve un mot, le 'mot premier', que je pose au centre du tableau, et j'attends. Très vite un mot en amène un autre, qui fait apparaître une idée, qui me pousse à chercher dans un autre tiroir, car je viens de changer de thème par ce merveilleux principe des associations d'idées. Peu à peu ma pensée se dessine sur le tableau par le biais de mes précieux jetons. Et soudain, c'est lumineux, le titre se révèle à moi. Je ne vous dis pas que ça marche à tous les coups. Prisonnier du labyrinthe de mes élucubrations, il m'arrive de revenir au mot premier ! Je pratique alors ce que j'appelle 'la roulette russe'. Je garde tous les mots sur lesquels j'ai travaillé, je les mélange furieusement, j'en tire deux au hasard et je m'arrange pour en faire quelque chose. Ça marche aussi.

Le mur du fond, troué d'une porte, était couvert de livres. Collections anciennes pour la plupart. Les vieux barons de la mafia littéraire Balzac, Hugo, Molière, Labiche et Zweig, côtoyaient sans sourciller mes amours de jeunesse Giono, Leblanc, Leroux, Pagnol, Pennac, les anglais Dahl, Christie, Barry, Doyle, sans oublier les collections complètes de Tintin, Blake et Mortimer, Alix, Lefranc, Ric Hochet, Spirou et Fantasio, quelques exemplaires de Chlorophylle et Minimum datant de 58 et d' Olivier Rameau, datant de 75. De vieux compagnons, des anti-dépresseurs. Et des outils de travail. Pour écrire il faut lire, m'avait conseillé une romancière fumeuse de Gitanes au regard clair. Je ne sais pas si elle pensait à *Chlorophylle contre les rats noirs*, mais je m'en inspire aussi.

Les nouveaux clients étaient souvent intimidés. Ils avaient eu l'adresse par un ami et ne savaient pas si c'était un traquenard. Ils commençaient toujours par lever les yeux au ciel. Au plafond étaient suspendus des mots, encore. Sur parchemin, vélin pur chanvre, papier de riz ou papyrus, calligraphiés par mes soins selon divers alphabets dont les noms mêmes me ravissent autant que leurs volutes. Quadrata, rustica, onciale, bâtarde flamande, chancelière ou majuscule insulaire. Qui attirent l'œil et détendent l'auteur. 'Ventripotent' 'Philatélie' 'Goulue' 'Taloche' 'Cancoillotte' 'Palangrotte' 'Saint Nectaire' ou 'Coprin chevelu'. Je les changeais régulièrement, selon mes humeurs, selon le temps. J'ai passé deux semaines avec 'Borborygme', 'Concupiscence' et 'Hydrocéphale'. J'étais d'une humeur de chien ! Contrarié par un abruti qui m'avait commandé un titre qu'il voulait le plus grossier possible. « Avez-vous vraiment besoin de mon aide, lui avais-je rétorqué, étant vous-même un vrai trou du cul ? »

La calligraphie est un passe-temps merveilleux. On fabrique son encre noire comme une potion magique. La mienne consiste à mélanger 10g de noix de galle, 7g de sulfate de fer, une pincée de sulfate de cuivre,

10g de gomme arabique et ½ l d'eau. On peut même y ajouter un peu d'eau-de-vie pour accélérer le séchage. On obtient une encre gallo-ferrique d'un noir profond de toute beauté.

Les habitués avaient droit au lapsang souchong servi dans de la porcelaine fine. Assis dans les profonds fauteuils de l'arrière-boutique, j'attendais qu'ils me livrent leurs souhaits et me confient éventuellement leurs manuscrits s'ils choisissaient la formule « confort ». Il n'est pas toujours facile pour un auteur de savoir ce qu'il veut, ni même d'ailleurs de boire du thé dans une tasse en porcelaine. Ils réussissaient le plus souvent les deux exploits : boire leur breuvage sans casser ma précieuse tasse et m'expliquer ce qu'ils souhaitaient. Quand je leur livrais le titre, ils étaient en droit de le refuser et celui-ci allait rejoindre les autres dans le panier cité plus avant. Mais quand le titre leur plaisait – dans la plupart des cas, je vous rassure – combien d'entre eux ont versé une larme en le découvrant dans son papier de soie !

Un auteur m'a demandé un jour si je gagnais ma vie avec ce métier. J'allais lui répondre mais j'ai vu la lueur dans son œil. Parce que je lis dans les yeux, figurez-vous. Je traduis les lueurs qui y vivent. Je parle « l'oculaire » en quelque sorte. Bref. Celui-là hébergeait la lueur sceptique du caractère rationnel, en rien éclatante, à peine visible, mais ancrée bien profond dans la rétine. Elle s'est cachée sous la paupière quand je l'ai vue : l'auteur a baissé les yeux. Il ne servait à rien de lui répondre. Si j'y avais lu une lueur de vraie curiosité, je lui aurais répondu que je gagne ma vie parce que je lui donne un sens. Que ça ne paie pas toujours les factures, mais que c'est là toute la beauté, toute la poésie. Pourquoi faut-il toujours parler rendement et résultat ? Avez-vous observé un balayeur dans la rue, en automne ? Il balaie inlassablement les feuilles sur le trottoir, tandis qu'autour de lui des centaines d'autres tourbillonnent, tombant des arbres, ramenées par le vent ou les voitures, quand les gamins ne sautent pas à pieds joints dans les tas qu'il vient de faire. Je me plais à le contempler, moi, ce balayeur : à cet instant précis, il fait un métier de poète. Je ne dis pas que son acte est inutile, non, mais ça y ressemble. Et c'est aussi ça, la poésie. Je me suis aventuré un jour à remercier un de ces artistes à balai pour le pur moment de poésie qu'il nous offrait. Il a cru que je me moquais de lui et s'est mis à m'agonir d'injures. Comme je le plains de ne voir dans son métier que celui d'un agent municipal. Pauvre homme ! Alors oui, chaque jour ma vie gagne à être vécue grâce à mon métier. Et si je peux en plus gagner ma vie avec, alors tout est bien. Mais je n'ai rien répondu, bien sûr, à cet auteur. À quoi bon ?

En plus des titres que les écrivains venaient me commander, j'avais étendu mon activité aux différents lexiques nécessaires aux auteurs. Nous mettions à leur disposition nos « équamot », des packs à mots prêts à l'emploi pour créer une ambiance. Odeur, son, ou sentiment. Tenez, j'en prends un au hasard. Équamots n°39 : Odeur de cigarette + cacahuète + bière + vieille serpillière = bar des Sports. Vous complétez avec les sons tilt de flipper + râclement de chaise + pression de percolateur + « j'vous sers quoi ? » et vous y êtes ! Vous l'avez, votre ambiance ! C'est enfantin. Un autre : Clou de girofle + eau de Cologne + champignon = église, n°10. Remarquez que, si vous y ajoutez eau de Javel+ soupe de légumes, vous êtes à l'hospice, n°29. Caramel + frite + crêpe + barbe à papa + cambouis = fête foraine, n°43. Et encore : marrons grillés + cannelle + anis + vin chaud et vous êtes au marché de Noël, n°44 ! Chlore + déodorant + vieille chaussette = piscine municipale, n°78. Cris de mouette + cliquetis des haubans + clapotis des vagues + essence + vase + goudron = port n° 50. Herbe coupée + bouse de vache = campagne n° 63.Vous voyez le principe. Notre concept rencontrait un franc succès auprès de notre clientèle.

Je dis « nous » parce que ça fait sérieux mais j'étais seul pour tenir mon commerce. J'étais seul, tout court. Ma solitude prenait tellement de place que je n'en avais plus beaucoup pour moi-même, à vrai dire. Je la comparerais à un chat, un gros chat qui peu à peu deviendrait panthère et qui envahirait votre esprit, vous murmurant sans cesse que c'est mieux ainsi, que c'est mieux tout seul. Plus facile. *« Il y a des gens qui augmentent votre solitude en venant la troubler »* , a dit Guitry. Je lui répondrais bien que la solitude augmente aussi à force justement de ne jamais être troublée. Je l'ai marquée dans mon carnet, celle-là.

Je vois ce que vous pensez, jeune homme : encore un original, un solitaire qui vit en ermite. Pas du tout. J'étais parfaitement sociabilisé. J'avais de la conversation et j'étais même un peu plus élégant que la moyenne. Mais atteint d'une maladie qu'on pourrait titrer 'La Solitudinite'. Elle déforme votre vision des choses, vous faisant croire que c'est plus simple tout seul. Vous faites donc le vide autour de vous, agacé par votre (maigre) entourage, tout en reprochant à ce même entourage de vous laisser seul ! Et au fond de vous, tout au fond, vous crevez de cette incapacité à ouvrir grand votre porte pour les autres, pour l'Amitié, pour l'Amour. On ne sait pas trop comment on l'attrape. Une infime fêlure qui n'attend qu'une pichenette de la vie pour s'ouvrir en grand. Vous vivez seul et vous mourez seul, dévoré par vos bergers allemands. Ou d'une vilaine chute dans l'escalier, et votre corps ratatiné sera découvert par le facteur parce que le courrier, qui s'amoncelle sur vous depuis des semaines, bloque la fente de votre porte d'entrée. Voilà. C'est de cette solitude-là que je vous parle. Je suis un peu vif, excusez-moi, mais c'est arrivé à Mme Crin, au 24 de la rue des Lilas, et j'avoue que je ne m'en suis pas remis. Le facteur non plus.

J'étais très pointilleux sur les horaires, la politesse, la propreté, le calme ainsi que la prévisibilité des événements. Et sur les chaussures cirées.

Ce qui n'était pas le cas du taxidermiste, hélas.

La devanture fatiguée de son commerce annonçait CABINET DES CURIOSITÉS dont il était le principal spécimen, comme je le taquinais parfois. Lanimal vivait dans un nuage de plumes et de paille qui jonchaient le sol de sa boutique et s'envolaient au gré de ses pas. Les rares étagères encore droites étaient couvertes de bocaux remplis d'yeux en verre de toutes les couleurs. On pouvait lire sur des étiquettes jaunies 'poissons', 'reptiles', 'mammifères'. Plus loin s'entassaient de fausses mâchoires de lion ou de fennec avec langue incluse, la langue étant un des éléments difficiles à conserver, paraît-il. Des caisses accueillaient en vrac aiguilles courbes ou triangulaires, pinces brucelles courbes ou droites, bobines de fil polyester. Une vraie mercerie de l'étrange. Sans parler des bocaux au liquide saumâtre renfermant je ne sais quelle chimère. Au plafond pendaient squelettes inachevés d'oiseaux et faux crânes de gazelles. Derrière, dans une salle plus apparentée à une cave qu'à un laboratoire de taxidermie, les bassins de trempage cohabitaient avec un alambic. Produit tannant, acide formique et colle cyano se partageaient l'étagère avec les bouteilles de cidre. Je tremblais parfois qu'il ne se trompe dans ses manipulations.

Quand il ouvrait une nouvelle bouteille de son eau-de-vie, j'attendais toujours qu'il avale sa première gorgée avant de tremper mes lèvres dans mon verre. Il la fabriquait avec les pommes de la place, des variétés épatantes, paraît-il, plantées par ses soins, car « tout vient de la pomme », me rappelait-il régulièrement. Le père de Lanimal, agriculteur en pays d'Auge, était bouilleur de cru. Et si le privilège d'exercer le métier n'est pas transmissible, le savoir, si. Lanimal avait donc récupéré la « bouillotte », petit nom de l'engin à distiller. Et, après avoir fait son cidre, il le distillait et en tirait six à sept bouteilles tous les ans. En toute illégalité, cela va de soi. Pour tromper l'ennemi invisible de la répression des fraudes alcoolisées, il appelait ça son « jus de bouillotte ». Et c'est vrai qu'il réchauffait.

Il avait eu son heure de gloire, Lanimal. Quand il était l'empailleur attitré du musée d'Histoire naturelle de la ville. Il parlait souvent de ses pièces majeures quand il n'avait pas le moral. Le regard soudain vague, il énumérait des noms improbables, et soudain oryx, buffle du Cap, hippotrague et autre céphalophe de Grimm galopaient joyeusement autour de nous, pendant que l'ours brun du Canada restait éternellement la patte en l'air, prêt à bondir sur un saumon invisible. Nous allions de temps en temps au musée pour leur rendre visite. Le zèbre de Hartmann restait son préféré.

Un drôle de zèbre, ce taxidermiste. Bien sûr, il n'avait plus autant de clients qu'il le souhaitait, mais il savait s'occuper. Il avait ainsi une très jolie collection de pigeons et de chats, fixés pour l'éternité dans toutes les positions. Pour ne pas perdre la main le jour où on lui apporterait une pièce importante, comme un tigre ou un éléphant, même en contrebande. Quand vous entriez au Cabinet, vous étiez accueilli par une symphonie de Dvorák, qu'il passait en boucle. Je le soupçonne de n'avoir jamais eu qu'un seul CD. J'avoue que son antre me donnait un peu la chair de poule mais je me gardais de le lui dire. J'aurais dû.

Nous étions les seuls commerçants de la place. Autour de nous s'effondraient des maisons vides, oubliées là. Le taxidermiste disait que nous étions sur une île déserte, que c'était très bien comme ça et qu'on n'allait pas se laisser emmerder. Il était un peu grossier parfois mais c'est quand il était ému. Et il l'était souvent hélas. Mais il avait raison. 'Naufragés volontaires', titrerais-je nos mémoires. Personne ne venait jamais dans l'Impasse à moins d'avoir besoin d'un mot ou d'un empaillage. Personne. J'ai bien regardé. Pas même le facteur, les boîtes aux lettres étant devant le porche. Pas même un clochard pour la nuit. Nous n'avions pas le téléphone dans nos maisons. Nous utilisions la cabine téléphonique de la place, qui fonctionnait à merveille. Une vraie cabine comme on n'en faisait plus avec les francs en rang d'oignons dans leurs compartiments transparents classés selon leur valeur et le Bottin sur le côté, grignoté pour la majorité et complètement obsolète, mais bien là. Lanimal avait fait sauter la caisse et récupéré les francs pour pouvoir appeler si besoin. Ce qui n'arrivait jamais. Je faisais même courir des ronces au-dessus du porche qui marquait l'entrée de notre place. Je les entretenais pour que les branches dégoulinent savamment et cachent l'accès aux regards des curieux. Telle la Bête se cachant aux yeux du monde dans son château endormi.

Mes parents sont morts dans leur sommeil. Victimes du « tueur silencieux » comme on surnomme le monoxyde de carbone. Chaudière défecTUEUSE. Une mort sans tralala, fin de vie sans agonie, sans fuite urinaire ni Alzheimer. Une mort discrète qui ne m'étonnait pas d'eux. Nous n'étions pas très proches. J'ai eu une enfance sans histoire. Sans histoires le soir, sans tendresse. Pas maltraité, juste oublié. Gens simples, emplois rudes, peu de temps pour l'amusement. Mon père était ébéniste. Je n'allais dans son atelier que pour chuchoter les noms des outils accrochés aux murs : équarrisseur d'angle, maillet, vrilles, tenaille russe et arrache-clou japonais, pied-de-biche, ciseaux à bois biaisés ou contre-coudés, bisaiguës, tranchet et herminette, jusqu'à ce qu'il me chasse, agacé. Si je voulais rester je n'avais qu'à me mettre au bois, comme il disait : « Mets-toi au bois, garçon, tu verras ! »

Je me gardais bien de m'y mettre, au bois. J'étais si

malhabile. Ma seule initiation s'est finie aux urgences : je me suis blessé avec un ciseau à bois, j'ai encore la marque en croissant dans la paume de ma main. Je n'ai de l'artisan que le goût des mots façonnés par les civilisations. Je l'interrogeais sur les techniques utilisées pour l'entendre prononcer les mots bornoyage, ou avoyage, et m'en expliquer le sens. « Sais-tu qu'un "camion" est le récipient à vernis intermédiaire entre le pot d'origine et le pinceau ? » Non, je ne savais pas et je m'empressais de l'écrire sur mon carnet rouge avec stylo assorti, le tout offert par le quincaillier du bout de la rue, grand ami de mon père. Je griffonnais en tirant la langue et mon père retournait à son travail, en silence. J'étais allé chercher des renseignements sur la cire de Carnauba, dans le gros dictionnaire, croyant lui faire plaisir. « Tu sais que c'est une cire végétale recueillie sur les feuilles de l'arbre Copernicia cerifera au Brésil et à Ceylan, qu'il ne vit que cinquante ans et que plus les feuilles utilisées sont vieilles, plus la teinte de la cire est foncée ? » Non, il ne savait pas, mais là il avait du travail, donc si je voulais bien aller voir si maman n'avait pas besoin d'aide...

Maman travaillait dans une usine de dentifrice. Je m'imaginais qu'elle vissait des bouchons sur les tubes, comme M. Bucket dans *Charlie et la chocolaterie*. Quand elle rentrait enfin, elle s'affairait dans la maison comme si sa vie en dépendait. Elle incarnait pour moi le Sphinx d'Œdipe, le sourire de la Joconde. Elle était une énigme contre laquelle je me cognais chaque jour.

Quand elle posait sur moi son regard pâle en passant sa main sur ma joue, je me sentais transparent. Elle regardait à travers moi. Qu'y voyait-elle ? « Qu'est-ce que tu vois, maman ? » lui ai-je demandé un jour. Son regard s'était troublé à ma question. « Je te vois toi, m'avait-elle répondu, qui d'autre ? » Sa dernière phrase resta suspendue dans le silence longtemps après qu'elle m'eut tourné le dos. Oui, qui d'autre ?

Opposition + embarras + résistance + discordance

=

INCOMPATIBLE

Équamots n°89

Mes parents portaient sur moi un regard teinté de perplexité mêlé de gêne, comme s'ils ne savaient pas quoi faire de moi. Enfance solitaire, à écrire les mots qui m'amusaient avec les lettres d'un Scrabble, ou plongé dans les livres. J'ai vite découvert dans les romans la gaieté et l'esprit d'aventure que je ne trouvais pas chez moi. La bibliothèque municipale était mon fief, j'en connaissais le moindre recoin, j'en dévorais les ouvrages, assis par terre dans les allées. Je me faisais une place entre Marcel et le petit Paul en rêvant qu'Augustine posait sur moi son regard bienveillant si joliment décrit par Pagnol. Je sautais sur mon cheval pour rapporter le collier et sauver la reine de l'opprobre et de la disgrâce. J'attrapais ma loupe et ma pipe avant de courir après Moriarty dans les rues sombres de Londres. Je me lovais entre les pattes de Bagheera pour m'endormir au rythme des pulsations de son cœur. J'embarquais comme mousse sur l'*Hispaniola* pour dénicher le trésor de l'île. Enfant, je m'évadais. Plus grand, je pris la fuite. Études secondaires en pension, études supérieures dans la grande ville. La fac et la plonge dans le resto d'en bas pour se payer une sordide chambre de bonne. Les sanitaires étaient au bout du couloir mais j'avais un placard à balai rien qu'à moi. Je partageais une cuvette de toilettes avec cinq gars, mais pas la serpillière. Ce balai était mieux logé que moi d'une certaine façon. Il pouvait se tenir droit dans son réduit, lui. Depuis, j'ai toujours veillé à avoir un placard à balai chez moi : pour ne jamais oublier que la vie peut aussi ressembler à une chambre de bonne glaciale. Bref. J'ai donc passé mon jeune temps à fuir leur pavillon pétri de désarroi et suis devenu clerc de notaire. J'alignais alors des mots dans une étude pétrie de certitudes, ce qui ne valait guère mieux. J'ai laissé le temps et la distance s'installer entre eux et moi. Toujours ce malaise de n'être pas à ma place. À leur décès, brutal, je n'étais pas rentré depuis trois ans. Quelques appels de temps en temps. Il a bien fallu revenir, retourner dans le pavillon avec sa cour bien bétonnée où poussaient par miracle des marguerites en plastique. La brutalité de leur mort m'a sauté au visage. Tout dans la maison rappelait une vie interrompue en plein vol. Dans l'entrée, les courriers ouverts en petits tas bien nets et les clés de mon père avec son porte-clés en bois, taillé de ses mains. Dans la cuisine, deux tasses dans l'égouttoir, un tiroir ouvert, un torchon jeté sur le plan de travail comme si ma mère allait entrer dans la pièce, interrompue par je ne sais quelle autre tâche. Je n'ai pas pu aller plus loin. Je n'ai rien emporté de mon enfance. J'ai refermé la porte sans un mot sans une larme et j'ai tout quitté, bien décidé à faire avec les mots autre chose que des actes notariés.

J'ai loué la boutique sans l'avoir vue. Juste charmé par l'annonce : « Ancienne imprimerie de quartier, rue peu passante, façade décatie, placard à balai, prévoir travaux.» Je n'ai pas été déçu. Quand j'ai traversé le porche, j'ai su que c'était l'endroit que je cherchais depuis toujours. Garçon Perdu trouvant son Pays Imaginaire. Pommiers tordus et pavés disjoints tenaient lieu d'Anse des Sirènes et d'Arbre du Pendu. Avec en trésor l'authentique cabine téléphonique. J'ai travaillé d'arrache-pied pour remettre la boutique en état et le résultat était épatant. Quoi qu'en dise Lanimal.

Le taxidermiste m'a accueilli comme un fils prodigue. Je me demandais parfois s'il ne me confondait pas avec le sien, parti depuis trop longtemps faire fortune en Amérique. Il m'appelait « Fils », surtout quand il avait besoin de déboucher sa gouttière. « Dis, Fils, tu monterais pas à l'échelle à ma place, là ? J'ai une quinte de toux qui monte, ce matin. » Il avait TOUJOURS une quinte de toux qui montait. Il disait qu'il avait quatre-vingt-dix ans mais je suis sûr qu'il n'était pas aussi vieux. Il avait beau porter   gilet vert-montre à gousset-moustache, je n'étais pas dupe, je le lisais dans son œil clair.

Je suis tout l'inverse. Enfant, déjà, j'étais un vieil esprit. Si bien que, maintenant, je suis un esprit centenaire. Personne ne me croit quand je donne mon âge. Un vieux qui paraissait jeune et un jeune qui paraissait vieux. Nous étions faits pour nous rencontrer. J'avais pour Lanimal une affection sans bornes que je me gardais bien de lui montrer. Question de principe. Principe que j'appliquais également avec la jeune fille qui faisait battre mon cœur. Car j'avais un cœur, curieusement, il fonctionnait comme n'importe quel autre, il s'était pris dans les filets de l'amour et j'en avais été, croyez-moi, le premier surpris.

Chaque jour ouvré, 7h50, je sortais de l'Impasse, en prenant bien garde que personne ne me voie et je me glissais jusque dans la rue. J'allais m'installer dans le café d'une grosse femme qui répond au doux nom de Marcelle et que je soupçonnais à l'époque d'être une sorcière, à la taille du poireau de son menton. Dès que je mettais un pied dans sa gargote, elle lançait : « Tu arrives à point...Virgule ! » déclenchant les rires   du pilier de bar, Queuedepelle, qui ne se lassait pas du bon mot. Un petit sourire, un café s'il vous plaît Marcelle et j'attendais. Qu'elle arrive. Le rayon de soleil de ma journée. Ma Lavandière. En réalité elle tenait le lavomatic à l'angle, et le café de Marcelle était l'observatoire idéal pour la regarder passer, traverser la rue en vérifiant bien à droite et à gauche, introduire la clé dans la serrure qui relevait la grille, tripoter son trousseau pour trouver celle de la porte, l'ouvrir et disparaître dans l'obscurité. Une fois la lumière faite, l'apercevoir traversant l'espace en remettant une mèche de cheveux dans son chignon et disparaître de nouveau, cette fois pour longtemps, dans les profondeurs de son arrière-boutique.

J'allais chercher une demi-baguette pas trop cuite merci, quand je l'ai rencontrée. Enfin, quand j'ai rencontré sa nuque. Trois clients nous séparaient dans la file de la boulangerie quand sa voix claire commanda trois petits pains au lait, ceux avec des gros grains de sucre sur le dessus s'il vous plaît. Et mon cœur bondit dans ma poitrine en l'entendant, m'intima de la suivre sans même prendre mon pain. Comme lorsque j'avais suivi la petite Lydie, ma voisine en CM2, jusque chez elle un soir, rien que pour regarder ses jolies boucles danser sur ses épaules. Et puis je me suis souvenu que ça ne lui avait pas plu du tout à la petite Lydie que je la suive comme ça. Elle m'avait flanqué une grande gifle, demandé à changer de place et ses copines m'avaient regardé d'un drôle d'air jusqu'à la fin de l'année. Je me gardais bien de suivre la fille aux pains au lait, donc. D'ailleurs, le temps de penser à ce souvenir douloureux, elle avait déjà disparu et c'était à moi de commander. Je me contentais de la guetter chaque jour dans la file, prenant soin de regarder mes chaussures quand elle passait à côté de moi pour sortir du magasin. Les effluves de pain chaud se mêlaient pour quelques secondes à son parfum au chèvrefeuille, écœurant mais grisant.

« Elle tient le lavomatic, la petite. Celui à l'angle de la rue Marceau », me glissa un jour la boulangère en même temps que ma monnaie, comme si de rien n'était. Comme elle aurait dit «...et vingt qui font dix, bonne journée ». Et voilà donc douze mois, une semaine et quatre jours que j'effectuais cette filature, caché dans le bar de Marcelle. Une fois qu'elle avait disparu je guettais le passage de la bicyclette du rempailleur et sa commande en cours trimballée dans une remorque : chaise de nourrice, dagobert, prie-dieu, capucine ou berceuse. Assise cannée, en paille ou en tissu, toutes les époques défilaient au petit matin : Directoire, Régence, Louis XV, Restauration, Art Déco. Je rejoignais ensuite mon île, pour rêver à la nuque de ma dulcinée, assise dans une bergère à oreilles ou sur une chaise Renaissance italienne, selon l'arrivage du jour.

Deux fois par semaine j'étais client de sa boutique. Dans l'atmosphère moite des lessives, le ronronnement intermittent des machines, les doux effluves d'assouplissant, mal assis sur une chaise pliante, pendant que mon linge tournait en rond, je me retenais pour ne pas la dévorer des yeux. Une fée dans un bain turc. Je la voyais à peine, cachée derrière son rideau à billes. 'La Belle dans l'alcôve', penchée sur son reprisage. Une petite pancarte proposait ses services pour faire la monnaie, régler un problème sur une machine ou raccommoder boutons et accrocs. Ah, cette nuque ! Cette mèche tombant sur sa joue, ramenée vers le haut du crâne d'un mouvement rapide et sûr. Je voulais être l'ouvrage sur lequel elle se penchait, le chas même de l'aiguille où elle passait le fil avec précaution.

Finesse + suavité + bonté + velouté + dulcification

=

DOUCEUR

Éq. n°5

Je ne connaissais pas la couleur de ses yeux, bien sûr. Comment voulez-vous ? Comment croiser son regard sans être aussitôt démasqué ? Elle y aurait vu tout mon amour, toute mon adoration complètement déplacée. La pauvre, elle m'aurait pris pour ce que j'étais : un fou. Emprisonné dans mes mots sans savoir en utiliser un seul pour elle. Ma tour de lettres d'ivoire. Je n'en descendais que pour elle et retournais bien vite vers mon amie Solitude, tellement plus apaisante que les feux dévorants de mon amour pour Elle. Lanimal me traitait de poltron. Il avait parfaitement raison. Je n'approchais pas la Lavandière car je craignais de lire une lueur qui ne s'éclairerait pas pour moi. Pourquoi se confronter à la réalité quand on peut vivre benoîtement dans la tiède sécurité de son imagination ? S'il n'y avait pas eu l'œil de Lanimal pour me rappeler combien c'était minable, tout aurait été parfait.

Deux ans d'Impasse avec Lanimal. Les saisons s'égrainaient paisiblement, au rythme des mots « compte triple », des mots vendus, des mots d'amour tus et des heures tuées à empailler des pigeons. C'était un peu *Les enfants du marais* version citadine.

Au printemps, je taillais les ronces en cascades pendant que Lanimal ronflait dans son vieux transat. L'été, nous mangions les framboises qui poussaient dans l'angle sud et nous allions pêcher dans le lac. En automne, c'était la cueillette des pommes qui servaient pour le jus de bouillotte. C'était la fierté de Lanimal, ce verger de poche. Six pommiers en tout, plantés par lui il y a vingt ans. Cartigny et St-Martin, Rambault et Jurella, Doux Normandie et Tesnières. Six variétés choisies pour leur caractère acide, doux, aigre ou amer. L'hiver, nous faisions un bonhomme de neige sur la place et nous mangions du pain d'épices, quand Lanimal ne faisait pas son cidre. Aux beaux jours, les dimanches étaient occupés par une farouche partie de pétanque avec les Siamois, des jumeaux tout ce qu'il y a de séparé, Jean et Paul Siamois, dont le nom de famille et leur frappante ressemblance leur valaient bien des quolibets. Ils tenaient l'épicerie où nous nous fournissions et, s'ils n'étaient pas bavards, ils pointaient avec talent. Les gens du quartier nous prenaient pour des originaux. « Tiens, voilà Tintin et Haddock qui traînent avec les Dupondt ! » Ils n'avaient pas tort. C'était un peu « L'équipe à Jojo » : qu'est-ce qu'on s'en foutait, qu'est-ce qu'on était bien.

Mais tout ça, c'était avant. Avant la chute. L'Impasse, comme toutes les grandes civilisations, s'est vue menacée. Cet animal de taxidermiste, que je soupçonnais de boire le formol de ses bocaux, a fini par la faire, la chute. Et une belle, du haut de son échelle, qui l'a laissé pantelant et paralysé sur le sol poisseux-plumé de sa boutique. Il n'avait Dieu merci pas perdu la parole et s'est mis à beugler comme un âne. Je l'ai entendu, ai traversé précipitamment la place ; dans ma hâte j'ai glissé sur les pavés humides, et suis tombé en arrière, m'assommant. J'ai vite repris mes esprits, allongé là sous la pluie fine sous le ciel gris et les faîtes de nos petites maisons rabougries. Et j'ai eu une vision. Absolument. J'ai vu que nous allions rester coincés là, Lanimal et moi, chacun dans sa douleur avec personne pour nous sauver. Personne. « Naufragés volontaires » mais naufragés d'abord. Et nous allions mourir et disparaître du jour au lendemain, sans que nul s'en aperçoive. Nous n'étions pas sur une île déserte. Nous étions nous-mêmes des îles. 'L'archipel des solitudes'. Je me suis empressé de sortir mon calepin pour écrire ce titre et me suis relevé car, malheureusement, ma vision était infondée. Et je n'avais pas idée à quel point.

II

« Une pomme par jour éloigne le médecin pour toujours, pourvu que l'on vise bien » W.Churchill

La chute de mon ami m'obligea à appeler les pompiers. Voilà Lanimal à terre, contraint d'être hospitalisé. Une épreuve. Pour moi surtout.

Une fois que nous avons quitté l'habitacle rassurant du camion de pompiers, nous nous sommes retrouvés projetés dans un univers hostile et froid empestant la souffrance et la maladie. Même les pompiers ont eu un regard de commisération : « Ça va aller ! Bon courage ! » disait leur bouche. « Pauv'vieux, faut qu'on vous abandonne là, aux portes de l'enfer», disaient leurs yeux. Un panneau à l'entrée nous informait gentiment que, si nous agressions verbalement ou physiquement le personnel nous écoperions d'une amende de 7 500 €. Ça posait le décor. Ou plutôt la clientèle. Si l'hôpital se sentait obligé de préciser les risques d'un comportement agressif, c'est que cela devait arriver plus souvent qu'on ne croit. C'est comme dans le bureau de poste du quartier. Sur la machine à affranchissement est précisé : « Merci de ne pas jeter les tickets par terre. Une poubelle est à votre disposition. » Insinuant que personne ne devait utiliser cette fichue poubelle. Je devais donc entrer dans un établissement où des cinglés prenaient les membres du personnel à la gorge en les insultant. Je n'aime déjà pas les gens en général, j'eus un moment d'hésitation. Les pompiers nous poussèrent vers l'intérieur, je retins mon souffle.

Je fus projeté dans un film de science-fiction où l'humanité dévastée par un virus mortel viendrait s'agglutiner sur les chaises inconfortables d'une pièce en courant d'air. Lumière crue des néons, affichettes sur murs sales rappelant que non, se faire taper dessus par son conjoint n'est pas une fatalité. Les pompiers tendirent une liasse de papiers à une dame à l'accueil derrière une vitre. « Bonjour... », murmurai-je timidement. « Allez vous asseoir on va venir vous chercher », me coupa-t-elle sans même lever le nez de son écran. Le brancard de Lanimal fut poussé dans un coin, j'allai donc m'asseoir avec le reste du troupeau. Gémissements, pleurs et ballet de blouses blanches. Et tous ces regards, les blessés et leurs accompagnants à bout de nerfs à force d'attendre. L'un d'entre eux, cent vingt kilos, faisait les cent pas dans les cinq mètres carrés qui nous étaient alloués. Le bras en écharpe, sa femme était recroquevillée sur une chaise, le regard perdu. Il était prêt à franchir la ligne de confidentialité peinte au sol pour sauter à la gorge de la Dame de l'accueil. Elle le toisait derrière sa vitre, regard mauvais. Mais il hésitait, 7 500 € ça faisait cher le coup de gueule. Une femme aux cheveux ternes avec sa grande gigue de fille tenta la douceur : « Je suis désolée, s'il vous plaît ma fille a mal, pourrait-on lui donner quelque chose en attendant de voir le médecin ? » « Allez vous asseoir on va venir vous chercher », trancha la Cerbère. L'un des néons, défectueux, clignotait. Pleurs d'enfants. Tic tac de l'horloge. Nous n'étions là que depuis quinze minutes mais ma tête allait exploser. Il faut me comprendre : vivre avec les autres est déjà une épreuve quand je fais la queue au supermarché ; imaginez-moi dans cette ambiance de fin du monde, lourde de souffrance, d'attente. Je n'avais pas envie d'attendre ! Je voulais que Lanimal soit pris en charge et tant pis pour les autres. Dans ce film, je n'aurais pas été le héros qui sauve le monde. Non, j'aurais été le type lâche qui veut juste sauver sa peau et qui finit par mourir dans d'atroces souffrances, d'ailleurs. En pensée, j'avais déjà sorti mon chéquier : « C'est combien pour vous traiter de vieille morue desséchée qui se planque derrière sa vitre tout en traitant les gens comme des chiens ? »

Heureusement, une blouse blanche est arrivée, Lanimal fut pris en charge. La « Cerbère » l'a échappé belle je peux vous le dire, j'allais faire un carnage. Nouveau sas, nouveau décor. Calme, luxe et volupté d'un couloir clair, du silence. Comme si le passage précédent n'avait été qu'un cauchemar. Je jetai un œil par-dessus mon épaule, m'attendant à voir les autres agglutinés au hublot de la porte, cognant pour entrer. Mais non. Je repris mon souffle, m'aperçus que j'étais en nage, écoutai un mot sur deux de l'explication de la blouse blanche : « Douleur au dos et au ventre. Déplacement d'une vertèbre. Scanner nécessaire. On le garde. »

Elle souriait en disant ça, comme si c'était une bonne nouvelle. Je frissonnai : ils allaient garder Lanimal. J'allais donc devoir revenir. Quel supplice ! Lanimal s'en sortirait, il était fort comme un bœuf, mais moi ? Comment pourrais-je traverser chaque jour ces mêmes couloirs blafards empestant le détergent et la maladie ?

'Tout sourire' me demanda si j'étais de la famille, je répondis que non, qu'il n'avait pas de famille et fus officiellement promu « personne de confiance » de Lanimal. Rien que ça. Les visites étaient autorisées à partir de 14h 00 et je pouvais venir dîner avec lui le soir : il y avait un petit micro-ondes pour faire réchauffer sa gamelle. Elle souriait toujours. « Vous vous foutez de moi, c'est ça ? Vous me faites une blague ? Vous pensez vraiment que je vais venir avaler ma maigre pitance en tête à tête avec Lanimal dans une salle à manger peinte en corail ? » Voilà ce que je voulais lui répondre. Mais Lanimal me regardait, le visage gris de souffrance et ce que je lus dans son regard... mon Dieu ce que j'y lus me cloua le bec. Il était terrorisé. Alors je bredouillai que oui bien sûr pas de problème. «Tout sourire» se tourna vers mon ami et elle articula en parlant fort : « On va vous garder un peu, histoire de s'assurer que tout va bien. Votre ami va vous rapporter un peu de linge, on va vous monter dans une chambre. Vous prendrez un petit bouillon plus tard, après les examens. Ça va aller ? » Je promis à Lanimal de planquer camembert et saucisson dans sa valise entre ses tricots de corps et ses slips, mais il était tellement épuisé qu'il n'eut même pas la force de rire. Malgré mon envie de prendre mes jambes à mon cou, je retardai l'heure de mon départ. Je rechignais à le laisser seul. Une gentille infirmière me rassura : « Avec ce qu'on lui a donné, il va dormir toute la nuit, votre papi, ne vous en faites pas, on s'occupe de lui. » Je ne la contredis pas sur le lien de parenté et allai me coucher, épuisé.

L'histoire aurait pu s'arrêter là : Lanimal se remettait sur pied et la vie reprenait son cours. Mais pas du tout. Sa chute en entraîna d'autres, et de bien plus graves. Comme des Dominos d'Apocalypse tombant les uns sur les autres sans que rien puisse les arrêter.

En rentrant seul dans notre Impasse je vis déjà les signes de la décadence : les pommiers semblaient ratatinés, les pavés plus glissants, les façades plus noires. Toutes les bonnes ondes évaporées au départ du taxidermiste. Je compare volontiers l'Impasse au Pays Imaginaire et Lanimal en était le Peter Pan : sans lui notre Archipel des solitudes n'avait plus le même visage. Je pris ainsi conscience du fragile équilibre de mon univers, encore une fois. Quand j'étais arrivé ici, Lanimal m'avait rencontré terrifié. Être aimé des autres n'était pas pensable pour moi. Alors j'avais décidé de ne pas l'être, aimable. Le minimum syndical.

Professionnel, urbain. À quoi bon plus ? Je n'avais pas suffi à mes parents, comment pourrais-je suffire à quiconque ? C'était plus simple. Pas aimable par les autres, donc pas aimable tout court. J'étais passé maître en art de la distance. Et ça fonctionnait très bien. « Vous vous croyez sorti de la cuisse de Jupiter, mon vieux ! » C'est un auteur qui m'avait dit ça. Tout le monde pensait la même chose, dans le quartier. Sauf Lanimal. Il m'avait accepté tout entier, comme j'étais, m'empêchant de me fermer aux autres à jamais, de devenir la Bête du conte. Me faisant espérer que les choses pourraient changer, me laissant croire que je valais plus, qu'un jour j'aborderais la Lavandière. Ma rencontre avec lui, c'était le pied dans l'entrebâillement de mon cœur (celle-là aussi, je l'ai notée). Son absence l'a refermé en claquant. Rien de bon n'arriverait désormais. La Solitude, lâchée, tournait en rond autour des pommiers. Le bruit du silence qui régnait dans l'Impasse se répétait en écho aux quatre coins de la place. J'étais terrifié. Et pas au bout de mes peines.

Je l'entendis avant de le voir. Le bout ferré de ses mocassins à glands martelèrent nos pavés tandis qu'il se promenait de long en large, le nez en l'air. Pas un client, non, un expert, envoyé par les assurances pour traîner sur notre place, traîner dans le Cabinet des Curiosités et trouver la faille pour s'assurer que sa compagnie n'aurait rien à prendre en charge. Qui remarqua que cet endroit était un havre de paix en plein cœur de la ville et se renseigna auprès de son beau-frère, gratte-papier à la mairie pétri d'ambition. Qui découvrit à mon grand dam que je louais mon pas-de-porte à un escroc qui n'était absolument pas le propriétaire de la boutique et que j'étais donc hors la loi. Qui découvrit aussi que le magasin de Lanimal n'était pas aux normes pour pratiquer son activité et qu'il pourrait faire sauter tout le quartier. Ou du moins polluer les nappes phréatiques du département. Sans parler de la fabrication illicite de calva, si mauvais fût-il. Deuxième domino. Notre île n'était plus perdue, soudain elle apparaissait sur les cartes d'urbanisme et, tels des conquistadors échouant leurs caravelles sur les plages vierges des Amériques, les promoteurs nous ont envahis. Avec une fleur de béton au revers de leur veston, comme dans la chanson de Dutronc. Ils n'y sont pas allés par quatre chemins. La commune allait racheter les quelques maisons restantes, vu notre situation illégale, il n'y en aurait pas pour longtemps. Et pour nous marquer au fer rouge, ils accrochèrent sur nos portes un avis d'expulsion au 30 avril.

« Avec dédommagement pour l'empailleur, bien sûr. Quand même, le maire n'est pas un ingrat », avait souri le gratte-papier promu lèche-cul. À l'annonce de la sentence, Lanimal, bien que diminué sur son lit d'hôpital, a lancé une bordée de jurons. Des mots grossiers pour des hommes vulgaires.

Pour ne pas arranger la situation, mes visites à l'hôpital étaient un calvaire. Pas dans la chambre de Lanimal, non, mais avant. La traversée des couloirs d'hôpital.

C'est une chose de composer des équamots pour les autres, c'en est une autre de les vivre.

Décrépitude + odeur de chou + gémissements + regards perdus

=

un vrai cauchemar.

Et cet équamot n'était pas dans mes tiroirs.

Le Service des moyens séjours. Titre trompeur aux accents de thalassothérapie, qui cachait des vieux en couches bavant sur leur quatre-heures, hypnotisés par la télévision, volume poussé au maximum. Les portes des chambres étaient ouvertes. Tous les deux mètres, nouvelle chambre, nouvelles odeurs, nouveau supplice. Rien ne m'était épargné. Pauvre être couché avec des perfusions partout ou assoupi dans un fauteuil. Une vieille pliait sans fin un tas de serviettes siglées CHU. Sans compter ceux qui se baladaient dans les couloirs, en déambulateur ou en fauteuil roulant. Partout de la vieillesse, des corps fatigués, douloureux, des regards délavés. Et indéchiffrables. Voilà ce qui me mettait mal à l'aise : je ne parvenais pas à y lire quoi que ce soit. À chaque visite, en sortant de l'ascenseur, je faisais une pause, puisant au plus profond de moi l'énergie pour traverser ce fichu couloir. Je marchais le plus vite possible, les yeux rivés sur le lino pailleté, en apnée jusqu'à la porte 108. Là, je reprenais mon souffle, composais un visage enjoué et entrais. Comme un lion en cage, Lanimal. Il n'en pouvait plus de sa chambre bien propre et des gentilles infirmières. Il voulait retrouver son bordel, ses pigeons et sa gnole comme il me l'annonçait systématiquement à mon arrivée.

Lors d'une de mes « plongées de couloir » quotidiennes, toujours les yeux au sol, je me suis heurté à une blouse blanche à moustaches, le médecin de Lanimal en l'occurrence. Il avait arrêté ma course devant la 104. Mauvaise pioche. Ne serait-ce que ralentir le rythme devant cette chambre déclenchait l'hystérie de Mme Perenna Germaine concernant son sac qu'on lui aurait volé, qu'elle allait appeler la police, que j'étais un salopard, et revenez là espèce de mal poli ! Elle nous a donc servi le même numéro mais le médecin lui a assuré que des policiers étaient sur l'affaire, ce qui eut le don de la calmer instantanément. Puis 'Big moustaches' revint à nos moutons : il voulait faire tomber un domino, lui aussi.

L'état de santé de Lanimal. Préoccupant, employa le médecin. Oui, mais, « préoccupant » dans le sens « embêtant » parce qu'il allait devoir prolonger son séjour et qu'il n'arrêtait pas d'emmerder les infirmières en réclamant son calva ; ou dans le sens « inquiétant » parce qu'il avait vraiment son âge, et que son cœur était l'équamot n°60 :

usé + las + brisé + fourbu + cassé = ÉPUISÉ?

Hélas. J'ai entendu dans son silence la réponse du spécialiste bien avant qu'il n'ouvre la bouche. Mon seul ami était au plus mal. « Ornithose-psittacose », dix-neuf lettres. Pas mieux. Aussi appelée la fièvre du perroquet. Elle est causée par la bactérie « Chlamydophila psittaci ». Comme un nom de fleur. Une fleur du mal qui se cache dans la fiente des oiseaux. Une maladie qu'on attrape par inhalation des poussières contaminées, contact prolongé avec des oiseaux, manque d'hygiène. Pris à temps c'est bénin, mais là... grippe, pneumopathie, encéphalite, signes cardiaques. Les mots flottaient dans l'air. Ils se mirent à tourbillonner autour de moi et mon cœur, jamais guéri de la Toutepetite, s'est ouvert de nouveau.

La Toutepetite. Ma petite sœur malade. Condamnée dès son premier souffle à devenir un ange. Ses lèvres bleuies par le manque d'oxygène dû à une malformation cardiaque, ses paupières de porcelaine et ses fines veines bleutées affleurant près de sa tempe. Sa respiration saccadée, minuscule papillon battant au creux de sa poitrine, qui sait bien qu' aux premières lueurs de l'aube tout sera fini. Si frêle, si irrévocablement malade. On ne m'a permis de la voir que quelques minutes, mais les images, gravées sur ma rétine, me poursuivent parfois dans mon sommeil. Je la rêve encore, ma Toutepetite, mon ange bleu, dans les effluves des produits aseptisants. Le pas de deux des sabots blancs agitant tubes et masques dans une danse macabre autour de son cercueil de verre avec en bande-son l'alarme stridente des machines. La mort imaginée à l'hôpital n'a pour moi pas d'autre visage : agitation, bruit. À la maison, le silence assourdissant de mes parents en deuil ne nous a jamais permis d'en parler. Ils sont restés inconsolables. Et moi, inconsolé de ne pas leur suffire.

J'étouffai, rejetant violemment la main compatissante du médecin m'invitant à « m'asseoir vous n'avez pas l'air bien » et, courageusement, je m'enfuis.

Les frères Siamois hochèrent la tête tristement à l'annonce de l'état de santé de Lanimal et de notre expulsion. Assis au comptoir de leur épicerie qui sentait le curry et la lessive en poudre, ils hochaient la tête comme ces vilains petits chiens en plastique sur les plages arrière des voitures. « Putain de maladie. Putain de piafs », marmonna Jean. Et Paul avait l'air bien d'accord. Ils estimèrent que les événements étaient suffisamment graves pour fermer l'épicerie plus tôt et sortir une bouteille d'alcool blanc sans étiquette.

Je refusai comme d'habitude. Jean m'en servit quand même une rasade dans un verre Duralex, comme d'habitude. « Prune. » J'y trempai les lèvres pour faire plaisir. On ne joua pas à la pétanque. De toute façon, il pleuvait des cordes. Nous nous contentâmes de regarder la pluie tomber sur la vitrine. Les lettres sur la devanture lues à l'envers faisaient penser à un sortilège de magie en lettres gaéliques. Paul but son verre et le mien. Quand je les quittai ils n'avaient pas aligné dix mots. Le silence, parfois, en dit plus long. « Les petits maux sont loquaces mais les grandes peines sont muettes. » Et là, ce n'était pas drôle.

J'étais le dernier des dominos. Cette succession d'événements non prévisibles m'avait mis à terre. Je ne quittais plus mon antre. Pas même pour mon rendez-vous de 7h 50. Pas même pour voir Lanimal. Solitude se faisait les griffes sur les fauteuils, elle gardait l'entrée, m'empêchait de faire un pas dehors. D'en avoir envie, même. Là aussi, seul Lanimal parvenait à la dompter, à la rendre chaton.

« À quoi bon, ronronnait-elle, à quoi bon les autres ? Même ton vieil ami va finir par t'abandonner.» J'étais en colère. D'avoir permis à Lanimal de se faire une place dans ma vie et voilà le résultat. Pour ne pas voir que notre univers fondait comme neige au soleil je me droguais de littérature. Une petite dose d'Hercule Poirot, une ligne de Malaussène, une bouffée de Sherlock. Les jours d'hiver, en écho à ma peine, égrainaient leur litanie de pluie, de froid, de jours courts et d'interminables nuits. Il n'y avait plus rien à attendre, le spectacle était fini, rideau ! Même les mots se moquaient de moi. En allumant le feu avec un vieux journal, une phrase d'article me sauta aux yeux : « La taxidermie, c'est l'art de donner l'apparence du vivant à des animaux morts. » Bien sûr. Lanimal avait fait de moi sa créature, je n'avais que l'apparence d'être vivant. Lui disparu, j'allais rester comme un de ses fichus pigeons, à prendre la poussière. Je me vis sale, pas rasé, chaussé de misérables savates sans forme et, comble de l'humiliation, je me mis à pleurer. Moi. Monsieur Maîtrise de soi. Oh ! pas discrètement, non, à gros bouillons, morveusement, bruyamment. Il me sembla entendre le glas de ma déchéance, mais, en tendant l'oreille, je réalisai que c'était la sonnerie de la cabine sur la place. Je sortis hébété, en bras de chemise dans le froid de l'hiver et je décrochai. C'était l'hôpital. Lanimal allait être placé en soins palliatifs. Il fallait venir. Il avait besoin de moi. Il m'attendait. Bien sûr.

À la niche, Solitude.

Les quelques chambres dédiées aux soins palliatifs étaient dans le même couloir que les moyens séjours. Cela ne changeait donc pas trop mes repères dans cet horrible endroit. Je réalisai juste que ce couloir formait en réalité un carré et que j'accédais à Lanimal par un côté ou par un autre. Je pus donc éviter Germaine. Pour découvrir que ses glapissements étaient un moindre mal. En effet, mon passage dans cette nouvelle portion de couloir déclencha des réactions en chaîne plus élaborées. À la 115, une vieille édentée, écouteurs vissés sur les oreilles, se mit à pousser des cris en me voyant. À quoi le vieillard de la 114 répondit par des borborygmes. Je hâtai le pas et faillis percuter 'Roger le boucher' − comme mentionné sur le badge épinglé sur son pull − agrippé à son déambulateur, et qui déambulait, donc, dans le couloir passant une tête dans chaque chambre ouverte à la recherche de son infirmière pour qu'elle l'aide à se coucher. Je m'agrippai à la poignée de la 112 comme à une bouée : tout, plutôt que ces horribles personnages. Pourtant, j'hésitai à entrer. Lanimal faisait maintenant partie du club très select des soins palliatifs. Pour être membre, c'est très simple, il faut être en phase terminale d'une maladie mortelle. Ce qui vous octroie une chambre individuelle. Ici, les chambres des mourants étaient curieusement disséminées dans le service des moyens séjours. Sans doute pour permettre au personnel médical de souffler un peu. Alterner l'aide à « bien mourir » avec l'aide à « bien guérir ». Les portes des palliatifs étaient fermées. La mort attendait, accroupie devant chaque seuil, que son heure sonne. On ne la voyait pas mais on la sentait : il faisait plus froid, quand on passait devant. Palliatif vient du latin *palliare* qui signifie « couvrir d'un manteau ». Cacher. Farder. Au figuré, mon dictionnaire le définit comme « le moyen de remédier provisoirement ou incomplètement à une situation difficile, d'en atténuer les conséquences sans la faire cesser pour autant. » J'aime bien cette définition pleine de jolis mots calmes et mesurés. Je la préfère au couperet froid de la version médicale « se dit d'un traitement qui soulage la maladie sans la guérir. » Au moment de baisser la poignée de la porte, une phrase lue dans un essai scientifique vint danser devant mes yeux: « Le fait de mourir, sous quelque angle qu'on l'envisage, est un acte de violence. » J'entrai.

L'atmosphère autour de Lanimal se couvrait d'un

manteau de calme et de lumière tamisée, orné d'un joli goutte-à-goutte de perfusion, de draps propres et d'une gentille infirmière en sus. Parce qu'on ne pouvait plus rien pour lui, on faisait son possible pour lui faciliter la vie. J'ai trouvé mon ami bien fatigué. Dans un souffle, il voulut savoir quand est-ce qu'il rentrait pour botter le cul du maire. J'avais envie de lui répondre que jamais il ne sortirait d'ici, qu'il allait crever parce qu'il n'avait jamais pris le temps de passer un coup de balai dans sa porcherie de magasin, que si je devais, je titrerais son histoire 'La vengeance de l'ara sans plumes', et que ce serait bien fait pour lui.

À la place, il a fallu composer, dire que c'était pour bientôt. Rocamboles "on the rock" avec un zest d'optimisme. Et dans sa chambre d'hôpital, lui dans son lit et moi sur ce vilain fauteuil en simili-cuir un peu collant, nous sirotions ce cocktail, jour après jour, à travers les mille scénarios que j'échafaudais pour sauver notre impasse. Et je lui parlais, encore et encore. Et plus il se taisait, engoncé dans la maladie, plus je faisais des phrases, je mettais le ton, je mimais. J'occupais l'espace, je meublais le silence, moi! Jusqu'à plus soif. Jusqu'à l'ivresse.

III

*« Il faut avec les mots de tout le monde écrire
comme personne. »*
Colette

JOUR 1

Alors je me suis souvenu d'elle. De son apparition, un après-midi d'hiver. Mais si ! Souvenez-vous l'an dernier : le soir tombait, la clochette avait tinté et elle était là, la blanche cinquantaine, menue dans un paletot en mohair grenat et des chaussures à boucles assorties, empêtrée dans son incertitude, jetant çà et là des regards de bête traquée. Elle semblait si indécise que j'ai cru à une erreur.

« Si c'est pour un empaillage, c'est en face chère madame », lui avais-je signalé, ce qui n'avait fait qu'accroître l'air apeuré de ses yeux clairs grossis par des lunettes à double foyer. Non, c'était bel et bien un titre qu'elle voulait. Un titre pour une association secrète qui aidait les gens, d'un genre particulier, dont elle avait du mal à m'expliquer le principe. Son discours était brumeux, alcoolisé peut-être ?

Piteux + déplorable + touchant

=

PITOYABLE

Éq n° 127

Et je l'ai traitée ainsi. Avec commisération. Je n'ai pas compris, pas voulu prendre le temps. J'ai manqué de lui proposer 'La Tribu des Hurluberlus' ou 'Le Club de la Tête de Veau', m'en suis abstenu, l'ai invitée à repasser le lendemain. Elle est revenue, à la même heure. Son titre l'attendait, dans le papier de soie.

'La Ligue des Défenseurs du Dérisoire ' ou 'LD2', en codé. Elle était satisfaite, a payé comptant, est repartie sans demander son reste, laissant dans son sillage un parfum doux-amer que je n'ai pas reconnu mais dont je me souviens. Je l'ai jugée comme une barque à la dérive alors qu'elle allait être notre planche de salut.

Et c'est au moment où nous sommes mis à la porte de l'Impasse, à la porte de chez nous, que je me suis souvenu d'elle et des mots qu'elle avait employés pour parler de son association:

Détresse+décalé+métier désuet+solitude = MOI

Mon vivant portrait. Je me suis dit: «Peut-être que la bande du Chaperon Rouge pourrait faire quelque chose pour nous ?» Je ne savais pas comment la joindre, ou joindre son association, alors j'ai fait ce que je sais faire. J'ai peint des cartons avec des mots. En caroline avec plume métallique :

À L'ATTENTION DE LD2.

Cause dérisoire à défendre. Prière de me contacter.

SVP. Signé : L'orfèvre

Je ne m'attendais pas vraiment à ce que ça marche. Disséminées dans le quartier, mes pancartes ont vite été couvertes de graffitis ou déchirées. Jusqu'à hier soir à la boutique.

Imaginez-vous : face à moi, trois silhouettes noires d'un autre âge, portant manteau de cocher à haut col qui cachait le bas de leur visage . Je compris que c'était la Ligue car ils avaient une de mes pancartes à la main. Six yeux brillants scrutaient avidement tour à tour ma boutique et ma personne. Impressionné, je n'ai pas osé convier mes visiteurs à s'installer dans mes profonds fauteuils. Debout, dans l'ombre, ils n'ont pas dit un mot, attendant sans doute que je parle. Ce que j'ai fait. Je leur ai expliqué notre situation : l'Impasse promis à une mort prochaine ; et nous, jetés dehors, comme des mal-propres ; nos boutiques rasées, la cabine dézinguée, les rosiers écrasés. Après un long silence, l'une des silhouettes a bougé et une voix usée m'a demandé si la cabine téléphonique sur la place était en état de marche. Perplexe, j'ai répondu que oui, que je l'entretenais, que c'était la dernière de la ville fonctionnant à pièces, en bons vieux francs, installée en 1977, qu'elle allait disparaître elle aussi et que personne ne s'en souciait. Les manteaux se sont agités. Murmures étouffés d'un conciliabule. Et verdict. Ils allaient m'aider. J'avais l'absurde sentiment que la cabine avait eu du poids dans la balance, sentiment que j'ai aussitôt imputé à ma fatigue psychologique. Leur prochaine réunion est ce soir, Lanimal, je suis convié! Mot de passe : « Salamaleck ».   Evidemment, mon ami, je vous tiens au courant dès demain.

JOUR 2

Dans l'impasse, le printemps était en retard. Pommiers, rosiers, ronces, tout était endormi, groggy. Ça me rappellait le conte d'Oscar Wilde, sur un vieux géant bougon. Lorsqu'il chasse les enfants jouant dans son jardin, l'hiver en profite pour s'y installer et ne plus en bouger. Plus une feuille, plus une fleur sur les cerisiers. Le printemps ne revient que lorsque le géant accepte de laisser les enfants revenir dans son jardin. Et le grand bougon meurt au pied d'un cerisier en fleur, au milieu des éclats de rire des bambins. Bon, l'allégorie n'est pas bien gaie mais je ne pouvais m'empêcher de faire le parallèle. Je m'interdis d'évoquer cette histoire devant Lanimal. Je préférais lui raconter ma fameuse soirée à la Ligue des Défenseurs du Dérisoire.

A l'heure dite, j'étais devant la porte rouge d'un pavillon ordinaire. J'ai frappé, sceptique, attendu cinq minutes, on m'a ouvert. Le Chaperon rouge se tenait devant moi avec ses grosses lunettes et un tablier rouge où était inscrit 'Croque ma pomme'. Elle prit à peine le temps de me saluer d'un « Entrez, je dois sortir la tarte » qu'elle avait déjà disparu. J'ai suivi le bruit. Dans un salon dégoulinant de dentelles au crochet, une dizaine de personnes étaient assises. Le brouhaha cessa à mon entrée, tous me regardaient. Obéissant, je murmurai « Salamaleck» et ils se mirent à rire comme des abrutis. Oh si, des abrutis. Évidemment, c'était une blague, le coup du mot de passe, « il faut excuser Malchaussé qui aime taquiner », m'adressa en guise de bonjour un homme rougeaud à la chevelure léonine. Tout en riant bruyamment, il fourragea dans sa masse capillaire, la rendant   plus hirsute encore. Il se présenta : « Bref, quincaillier. » L'un de mes trois visiteurs du soir.

Ruche. Premier mot qui me vint à l'esprit. Une ruche dont le bourdonnement agressait mon silence intérieur. Voilà des jours que j'étais prostré chez moi, la bouche en carton et les oreilles ouatées. Même avant la chute, je n'étais pas habitué. Mon monde se résumait à si peu de choses ! L'Impasse, mes mots, mes amours misérables à travers la vitre d'un café, ma seule amitié avec un taxidermiste un peu porté sur la bouteille (si, quand même). Pas glorieux. Et pourtant je ne voulais rien changer. Pas un iota. Tout allait disparaître et je voulais faire pareil, tant pis. Me plier en quatre dans mes livres, me ranger dans mes tiroirs, me fondre dans l'écorce du pommier. Être malheureux, quoi. Au lieu de ça, j'étais au milieu de ces regards chaleureux empestant la tarte aux pommes chaude, ce fut la panique. Je ne m'attendais pas à ça. J'imaginais une réunion secrète de superhéros dans l'ambiance feutrée d'un repaire obscur. Que pouvaient-ils pour nous ces franchouillards et leur dentelle, qui semblaient si heureux d'être ensemble ? Rien, bien sûr. Je les ai remerciés très poliment et j'ai tourné les talons, aussi vite que possible. Il pleuvait à torrent. J'ai couru comme un gamin, manquant de glisser sur la chaussée. J'ai vite rejoint mon antre calme et obscur. Ronronnante. Rassurante. Je sais, je sais, que voulez-vous, on ne se refait pas.

Je laissai Lanimal contrarié, je sentais que ma fuite du repère de la Ligue l'avait perturbé.

JOUR 3

Ce que m'a confirmé l'infirmière le lendemain : il avait eu un sommeil agité, douloureux. Il fallait augmenter les anti-douleurs.

« Je dois vous faire un aveu, mon ami. Je suis rentré très abattu, hier soir. Tant pis, me disais-je, laissons tomber, tout est fini. Mais je me suis surpris à penser à cette association bizarre et sympathique. Savez-vous ce que j'ai ressenti? De l'espoir. Absolument. Et me suis maudit d'être si poltron. Envie de prendre un fusil et de tirer sur la Solitude, jouant dans les flaques, là-bas, sur la place. Lui envoyer une bonne seringue hypodermique dans le derrière, histoire qu'elle me fiche la paix, histoire de faire taire la peur insensée qui me tenait le ventre. J'ai plutôt fait une excursion dans votre boutique pour y trouver du jus de bouillotte. Voilà, c'est dit. Carrément. J'avais décidé de me tuer en m'alcoolisant. Moi qui ne buvais jamais, une bière tout au plus. Une fois imbibé comme un gros baba, j'aurais mis le feu à ma carcasse au milieu de la place. Voilà. Sauf que ça ne s'est pas passé comme ça. J'ai bu une demie-bouteille de cette épouvantable eau-de-vie avant de rendre le tout sur les pavés, de glisser sur mon vomi et de m'assommer sur le pommier Rambault.

Je vous passe les détails de mon réveil : transi, douloureux. Puant. Un aigle fondait sur moi avec un cri grinçant. Ce n'était que le coq de notre girouette, sur le faîte du toit. Le vent tournait, signe de changement. Mary Poppins allait atterrir à mes pieds, fermer son parapluie, épousseter son manteau et me prier fermement de bouger mes fesses et de me ressaisir rapidement. Allongé sur le pavé glacé, j'entendis le glas de ma déchéance sonner de nouveau et, cette fois, c'était le téléphone de la cabine. Je titubai jusque-là.

« Allo ? hurla une voix, vous m'entendez, là ? Ça marche ? C'est incroyable ! Je vous passe Bref. » Le chef de LD2 s'excusa pour Sansfil, ému de voir fonctionner ce téléphone (qu'est-ce qu'ils avaient donc avec cette cabine, bon sang?).

« Allo l'Impasse, ici Bref. Nous voulons vous aider.

S'il vous plaît ne dites pas non. Nous allons tout vous expliquer mais, aussi incroyable que cela puisse vous paraître, comment dire... bref, nous aussi nous avons besoin de vous. » Je n'ai pas dit non, vous imaginez bien. J'ai ouvert ma porte en grand et renvoyé Solitude à sa niche. Oui, le vent avait tourné. Ils avaient décidé d'un commun accord avec eux-mêmes qu'une réunion extraordinaire aurait lieu ici, à la boutique ! Vous vous rendez compte ? Des gens vont venir chez moi, qui ne sont pas des clients ! Ça vous épate, hein, mon bon ami? La suite demain au prochain numéro. En attendant, mangez donc un peu de ce bon bouillon...si, si, il est goûtu. »

A la sortie de l'hôpital, je décidai d'aller voir les frères Siamois. Je leur donnai des nouvelles de Lanimal, leur parlai de la Ligue des défenseurs du Dérisoire. Jean m'a dit « C'est bien » et il m'a fait l'accolade des hommes qui ne savent pas pleurer.

Il a attrapé ses boules de pétanque, les a fait claquer l'une contre l'autre et nous sommes partis lentement vers le terrain de la place. Nous avons joué sérieusement, en silence. Quels équamots pour cet instant ?

Sérieux + concentré + silencieux + sombre + soucieux

=

GRAVE

Oui, nous étions graves. Comme des chefs d'état réunis pour décider une guerre. Comme des chirurgiens commençant une opération de la dernière chance. Nous jouions à la pétanque comme si nos vies en dépendaient. Parce que c'était un peu ça.

JOUR 4

Je les attendais donc de pied ferme, nos sauveurs de la Ligue ! Thé rouge du Cap et palets bretons. Ils sont arrivés à l'heure. Nombreux.

Bigarré + disparate + hybride + panaché + de bric et de broc

=

HÉTÉROCLITE

Bref et sa tignasse, suivi comme son ombre par le Chaperon rouge à lunettes ainsi qu'un géant gominé, un nain chauve, un rouquin, un binoclard à mallette et une petite boulotte avec deux aiguilles à tricoter plantées dans son chignon. Je n'ai fait aucun commentaire, n'ai levé aucun sourcil. J'ai souri et invité la foire du Trône à s'installer dans mes profonds fauteuils. Comme je n'en ai que deux, je suis vite allé en face chercher des chaises en plastique dans votre Cabinet, qu'ils ont préférées « pour ne pas salir ». Bref a vite mis les points sur les i. En même temps, le binoclard avait sorti de sa mallette une machine à écrire dont il frappa furieusement les touches dès que

Bref prit la parole.

« Nous sommes une association très sérieuse, monsieur Virgule. Nous venons en aide aux sinistrés de la société. Mais pas ceux qu'on croit. Les éclopés du système, les dégâts collatéraux du progrès, bref, les métiers oubliés, ou en passe de le devenir... Non, Malchaussé je ne pense pas à toi forcément. Bref. Nous avons tous un point commun. Nous souffrons d'avoir pour spécialité une activité obsolète, désuète, dont personne ne veut plus. Je tiens moi-même une quincaillerie, celle de mon père et de mon grand-père. L'important, c'est l'unité. La vente à l'unité, je veux dire. Ampoule, clou, vis, écrou, bouton de porte, robinet, diamant pour platine vinyle, petite cuillère, lacet, lime à ongles, post-it, trombone, attache parisienne, bouchon de liège ou mouchoir en papier. *Vous n'en voulez qu'un, vous tombez bien*, telle est la devise du magasin. Bref. Notre ami Malchaussé est, comme son nom l'indique, cordonnier. C'est un des plus actifs de nos membres au jour d'aujourd'hui. »

« Ressemelage à l'ancienne : trépointe ou california vissée, coutures ultra-résistantes, forçage, semelle cuir, meilleurs délais » glissa le nain en me tendant sa carte de visite en forme de bottine.

« Merci Malchau. Bref. Voici Moneypenny, dit-il en prenant la femme en rouge par les épaules. Elle travaillait pour le Renseignement. Pour le 12, en fait. Elle communiquait les coordonnées au téléphone.

Retraite anticipée. Dépression. Elle va mieux mais depuis elle fait des tartes aux pommes. »

Le Chaperon tortilla l'angora de son pull framboise en rougissant, me sourit, mais ne dit mot.

« Le gominé là-bas est comédien. Il est la voix masculine de l'horloge parlante. En 1991, il a enregistré les différentes syllabes des annonces dans des systèmes de mémoires qui permettent de donner l'heure jusqu'en 2085. C'est un immortel en quelque sorte. On l'appelle Lacadémicien. À vrai dire, il ne s'en est pas vraiment remis, me chuchota Bref, il est incapable d'apprendre un texte dans son intégralité, ce qui est très handicapant dans son métier, vous vous doutez bien. » Puis reprenant une voix normale, il ajouta : « Depuis, Lacadémicien fait quelques pubs, quelques voix off, mais l'horloge a été le rôle de sa vie, difficile de trouver mieux. »

Lacadémicien hocha la tête pour tout salut et ajusta sa mèche.

« Le petit rouquin, c'est Fidus. Il travaille pour le SNTP, le Service National des Timbres-Poste et de la Philatélie, il était à la fabrication des vignettes automobiles, arrêtée en 2000, merci Fabius. Depuis, Fidus manifeste, hein Fidus ? » Le rouquin se lève, le regard fier.

« Personne ne s'est jamais battu contre l'arrêt de la vignette. Une institution en place depuis 1956, qui n'a eu de cesse de se renouveler en changeant de forme et de couleur. Comment a-t-on pu leur faire ça ? Moi, je n'oublie pas et ma manif est la plus longue jamais connue en France. Je gare ma DS avec toutes les vignettes collées dessus, dans le parking de l'usine. Guy Mollet for ever ! On ne lâche rien !»

« Oui. Merci Fidus. Nous avons des passionnés dans nos rangs, comme tu le vois. Bref. Les aiguilles dans le chignon, c'est Comode. Elle est dentellière. Spécialisée dans le point d'Alençon. Un savoir-faire inscrit sur la liste du patrimoine culturel immatériel de l'humanité. C'est pas beau ça ? Du patrimoine immatériel ! Comode est une artiste. Elle dessine aussi. Et pour arrondir ses fins de mois elle raccommode et elle tricote. Elle reprise les chaussettes comme personne. Encore un savoir-faire qui se perd, hélas.»

Comode gloussa, faisant apparaître d'adorables fossettes. «Il est un peu mélancolique, excusez-le ! C'est quoi votre couleur préférée ? Je vais vous tricoter une écharpe ! » Le chef ne me laissa pas le temps de lui répondre.

« Bref ! Sansfil est un de nos plus fidèles membres mais il ne viendra pas ce soir. C'est une période difficile pour lui. Sansfil était technicien de maintenance de cabine téléphonique jusqu'en 1989. Dans le téléphone de père en fils. Une passion de famille. Vous savez que les cabines téléphoniques sont présentes dans le paysage français depuis 1885 ? Ce n'est pas rien, tout de même. Mais l'utilisation de ce moyen de communication est devenue marginale, voire nulle. Depuis 1997, 60% des publiphones, comme ils les appellent, ont disparu. 75 000 aujourd'hui contre 300 000 à l'époque. Et c'est pas fini. J'en profite pour faire une annonce qui était à l'ordre du jour. L'obligation de service universel est remise en cause. » Mine affligée des membres. Je sentais que la portée dramatique de l'annonce m'échappait. Bref m'expliqua : « En bref, l'obligation de service universel était de maintenir une cabine téléphonique dans chaque commune et au moins deux dans les communes de plus de 1 000 habitants. Mais cette maintenance coûte une fortune pour l'opérateur, qui a tout fait pour lever cette obligation. Et voilà, c'est fait. C'est fini les gars. C'est la mort de la cabine. Le moral de Sansfil est au plus bas. Il savait bien que ça ne durerait pas, mais il ne pensait pas être encore de ce monde pour voir ça. Lui qui a travaillé sur des types 900, 800 et même des interurbains 700 au début de sa carrière ! Pourtant la cabine avait su s'adapter, passant de la pièce à la carte à puce sans sourciller. Vous voulez que je vous dise ? Le portable l'a tué, tout simplement. Et ça ne fait pas les gros titres des journaux, évidemment. Le publiphone crève en silence dans la plus parfaite indifférence ! Ô France ! qu'as-tu fait de tes édicules téléphoniques ? »

Bref était monté sur une chaise en plastique et brandissait sa tasse à thé comme un étendard. Les autres le regardaient avec adoration, Lacadémicien applaudit lentement, le Chaperon sanglotait. Je craignais pour ma porcelaine de Chine.

« C'est pour ça que votre dossier nous intéresse, Virgule », dit Bref en descendant de son piédestal. J'en profitai pour récupérer ma précieuse tasse. « On va faire d'une pierre deux coups. Vous savez que c'est rarissime une cabine à pièces en état de marche ? Imaginez le choc pour Sansfil l'autre soir, quand il a découvert votre TE 80, la dernière cabine téléphonique à pièces sortie d'usine, "le costaud de la famille" dans le jargon publiphone ! Une vraie pièce de collection. Il faut donc sauver la cabine. Pour Sansfil. À 85 ans, il n'avait plus goût à rien et soudain vous arrivez, avec votre cabine sous le bras, comme si de rien n'était. Et vous le ramenez à la vie. Mais si, mais si. À la vie ! Plus rien d'autre ne l'intéresse. Il n'est pas venu ce soir parce qu'il était trop ému, mais vous pouvez compter sur lui. On va sortir l'Impasse...de l'impasse.» Bref sortit un mouchoir de couleur douteuse et se moucha bruyamment. Je ne savais si je devais être flatté ou vexé par la situation. D'un côté, je sauvais un vieillard d'une dépression certaine et, de l'autre, je comprenais qu'ils ne venaient pas vraiment nous aider, nous. Je n'osai leur demander ce qu'il serait advenu si je n'avais pas eu de TE 80 dans ma cour. Après tout, ils allaient nous aider, c'était l'essentiel.

« Bref, bref ! Vous l'avez compris, Virgule, nous venons en aide à tous ceux qui souffrent de faire un métier en passe de disparaître quand ce n'est déjà fait. Chapelier, marchand de couleur, caissière de péage, fabricant de minitel, de ramasse-miettes et j'en passe. On ne peut pas toujours faire quelque chose pour eux mais on les réconforte, et on les aide à transformer leur potentiel. Ce n'est pas toujours facile, certains sont tellement nostalgiques qu'ils refusent de se plier à la modernité. Exemple, Carbone, là-bas au fond, ancien fabricant de machines à écrire et qui s'échine à taper tous nos comptes-rendus avec la 'Populaire' de 1969. Et c'est parfois un peu BRUYANT ! » Cette dernière phrase s'adressait bien entendu à Carbone qui interrompit son concerto pour lui lancer un regard noir avant de recommencer à taper sur ses touches comme si sa vie en dépendait. Je crus l'entendre marmonner que ce trait cruel serait consigné dans le compte-rendu.

« Voilà la fine équipe ! conclut Bref. Je vois que vous souriez, monsieur Virgule, mais ne soyez pas condescendant. Nous pouvons être très efficaces. Nous avons sauvé la trottinette, le téléphone à cadran et le topinambour. Nous avons même sauvé une usine de manivelles de vitres automobiles en leur faisant signer un contrat pour une voiture française. À votre avis, qui a donné l'idée à l'une des plus grosses firmes auto de créer un modèle de voiture basique pour les pays de l'Est ? Moneypenny imite à la perfection la voix de la première dame de France de l'époque. Je n'en dis pas plus, Secret Défense. Bref. »

Je suis d'accord avec vous, c'est ahurissant. Je ne

savais pas si je devais rire ou pleurer. Tout cela me semblait absolument absurde et, en même temps, tout à fait ce qu'il nous fallait. Des frappadingues persuadés de jouer un rôle dans le développement économique des voitures françaises ne pouvaient que nous sortir du pétrin. Nous avons rendez-vous demain soir pour notre première réunion de complot. Je sais que vous voudriez être là, mais je vous raconterais tout dans le détail, promis ! En attendant, mangez-donc un peu de cette petite purée... Si, si elle est fameuse. »

<u>JOUR 6</u>

« Je ne suis pas venu hier, excusez-moi, mais la nuit a été courte ! Je vous ai apporté un Paris-Brest pour me faire pardonner. Oui, oui je vous raconte, laissez-moi m'installer, bon sang !

Ils sont donc revenus le lendemain de notre entrevue, à la nuit noire. Bref, Moneypenny, Fidus, Lacadémicien, Comode, Carbone et le fameux Sansfil. Ce dernier était tout en rides, racorni, rétréci. La poignée de main qu'il me donna ne faisait pas son âge. Son regard non plus. Dans sa rétine humide et délavée je lus la détermination et la reconnaissance d'un jeune homme. Puis, lampe frontale allumée, il boîta vers la cabine qu'il se mit à inspecter de bas en haut. On a poussé les fauteuils derrière le comptoir, mis les chaises en plastique en rond autour d'une table à tapisser que Bref déplia devant moi. Sur celle-ci étaient déjà scotchés tout un tas de documents, plans du cadastre de la parcelle, pages du Code civil déchirées à la hâte, croquis du T 80 avec coupe transversale, article sur les fraudes immobilières et une liste de courses. Voyant que je m'attardais sur cette dernière, Bref la décrocha d'un coup sec. "Ça, ce sont nos honoraires : du café, du pain frais, de la charcuterie et du vin. Oubliez la porcelaine de Chine, des gobelets en plastique feront l'affaire. MoneyPenny cuisinera des tartes aux pommes. Encore."

Il m'expliqua qu'ils allaient s'installer dans l'Impasse, le temps de tout organiser. Le mot d'ordre était discrétion absolue. Rien ne devait montrer qu'il se tramait quelque chose. Mais je ne l'écoutais plus. Comment ça, ils voulaient s'installer dans l'Impasse ? Ça ne me plaisait pas du tout. Et j'avais bien l'intention de leur faire comprendre gentiment que c'était impossible, évidemment. En attendant, tous réunis autour de la table, j'assistai à ma première « réunion de complot ». Bref énonça les faits : «Le maire veut construire des immeubles sur la parcelle de l'Impasse. Ils vont donc mettre en place une expropriation. Celle-ci consiste en deux temps. Primo, démontrer le Droit d'Utilité Publique (ou DUP) du projet à l'aide d'une enquête faite par un commissaire-enquêteur. Secundo, après reconnaissance de l'acte de DUP, transfert de propriété et indemnisation. Nous devons intervenir AVANT cette seconde phase, qui est irrévocable. Il faut donc agir pour ne pas être DUP. Ce ne sera pas facile mais Moneypenny s'est renseignée auprès de sa cousine qui travaille pour le préfet : le commissaire-enquêteur est un bon bougre, on devrait parvenir à se le mettre dans la poche. Nous avons quinze jours.»

Les fesses collées à ce fichu fauteuil, je racontai cette incroyable rencontre à Lanimal, qui s'inquiéta qu'on touche à son Cabinet. Je lui assurai qu'un peu de ménage ne lui ferait pas de mal, et que nous prendrions soin de ses bocaux. Il avala son Paris-Brest avec un œil gourmand. Comme chaque jour, le passage du couloir en sens inverse déclencha le même phénomène. Hurlement dans la 115 et borborygmes dans la 114. Roger semblait pour une fois avoir trouvé son infirmière. À la 102, une petite bonne femme assise devant la fenêtre pleurait.

Vous devez comprendre, jeune homme, que la chute de Lanimal, au-delà de l'inquiétude pour sa santé comme pour l'avenir de l'Impasse, avait profondément bouleversé mon univers. Pour la bonne raison que mes allers et venues à l'hôpital, (en bus qui plus est, quelle horreur quand j'y songe) m'ont obligé à élargir mon périmètre d'action. Imaginez qu'avant cela, je me cantonnais à une vie de quartier, de rue même, pour être honnête. J'avais tracé une sorte de triangle des Bermudes en forme de trapèze (vous voyez l'idée, ne chipotez pas) délimité par l'Impasse, le bar de Marcelle, la laverie de la Lavandière et l'épicerie des Siamois. Et voilà que je devais traverser toute la ville puis traverser tout un couloir empestant le désinfectant pour aller voir mon ami ! Vous vous

dites : il va devenir dingue, finir par agresser
quelqu'un dans le bus. Et bien pas du tout. Que nenni.

Chaque retour à l'Impasse après mes visites à l'hôpital me semblait plus douloureux. Curieusement, Solitude était devenu chaton. Je m'attardais dans le bar dans l'espoir que peut-être quelqu'un viendrait s'attabler avec moi. Deux fois je me suis levé au passage de la Lavandière et j'ai failli sortir pour lui parler. Deux matins de suite ! Ça ne me ressemblait pas du tout ! Je passais plus de temps à discuter avec mes clients et je trouvais ça PLAISANT. Tout ces changements je les devais à la Ligue, j'en étais persuadé. Elle m'aidait à voir les choses sous un autre angle. Elle m'évitait de boire la tasse. La pluie ayant décidé d'aller voir ailleurs et d'embarquer les nuages avec elle, la lumière revint. Et me voilà dans mon transat, sous mon pommier préféré à regarder l'Impasse avec un œil neuf. L'Impasse, comme décor de théâtre. Outre nos deux boutiques, l'une en face de l'autre, quatre autres maisons fermaient le carré où poussaient nos pommiers. L'une d'entre elles, au fond à gauche, était ma préférée. Elle n'avait plus que ses quatre murs extérieurs. Le toit s'était effondré, ainsi qu'une partie du plancher supérieur. Un chêne avait poussé dans la cage d'escalier, du lierre tapissait les murs, tandis que la glycine par les fenêtres penchait aux beaux jours ses grappes violettes. Je l'appelais Le Jardin. La maison tout de suite à droite en passant le porche était en bon état. La peinture de ses volets clos s'écaillait en frisette et les ronces avaient curieusement emprisonné la porte d'entrée dans sa gangue épineuse, (d 'où son surnom de Cendrillon) mais le toit était intact, elle semblait hors d'eau. Ce qui n'était pas le cas de la bicoque au fond à droite, La Cascade, qui prenait l'eau de toutes parts par le toit éventré et les fenêtres aux vitres brisées. Les gouttières tordues et sorties de leur gonds servaient de toboggan aux cataractes de pluie: les grandes eaux de Versailles ! Quant à la première maison à gauche du porche, c'était un ancien restaurant avec son rosier grimpant sur la façade. Finalement, les masures au fond de l'Impasse étaient les plus abîmées. Lanimal soupçonnait qu'une rivière souterraine ne passât à cet endroit. Heureusement que les pommiers, tordus comme des vieillards souffrant d'arthroses, cachaient la lente agonie des pierres.

IV

"Dans la vie, rien n'est à craindre, tout est à comprendre."
Marie Curie

<u>JOUR 7</u>

Alerté par les cris stridents de la 115 et les glapissements de la 114, Lanimal m'entendait arriver du bout du couloir. « Alors ? m'accueillait-il dès que je franchissais le pas de la porte, ça avance ? »

Je m'asseyais à ses côtés, soucieux de ne pas voir les tubes qui sortaient de ses bras, soucieux de ne pas voir comme il s'affaiblissait, comme il fondait. Le lit semblait l'avaler peu à peu. Mais le regard était pétillant et je me focalisais sur l'espoir que j'y lisais. Alors je lui racontais et nous étions ailleurs. Dans notre cour près des pommiers, au milieu des membres de la Ligue qui s'activaient à rendre l'endroit magique pour persuader les « autorités incompétentes », comme nous nous plaisions à les surnommer, de ne pas tout détruire.

La ligue voulait donc mettre l'Impasse d'aplomb en quinze jours à peine. Je n'étais pas très optimiste. Je voyais bien qu'elle n'était pas pimpante. Figurez-vous que Bref a tenu à entrer dans les maisons inhabitées ! Les portes n'étaient même pas verrouillées. Nous avons commencé par faire le tour du propriétaire. La Cendrillon était encore meublée, l'ensemble recouvert d'une fine couche de poussière mais impeccablement rangé. Deux petites chambres à l'étage dont l'une avait servi manifestement d'atelier de couture. Pas moins de trois machines et, dans le placard, des piles de linge brodé et de tissu. Comode poussa des cris de joie en découvrant l'endroit. Bref fit le tour sans dire un mot et passa à La Cascade. Elle était vide et évidemment en très mauvais état : les fuites à l'étage avaient fait de gros dégâts. Mais sous l'escalier, nous avons trouvé une collection de pommards millésimés oubliés là. Vous vous rendez compte ?

J'ai dû leur ouvrir les portes du Cabinet des Curiosités, en leur demandant de ne rien toucher, ce qu'ils n'ont pas fait. Ils ont tripoté les pigeons, caressé les chats poussiéreux, et manipulé les bocaux. Ils ont été très impressionnés par l'alambic, mais j'ai dû écourter la visite tant ils étaient indisciplinés. Je sais que cela vous contrarie mais ils ont adoré votre antre, je leur devais bien ça ! La première maison à gauche du porche, avec son rosier grimpant sur la façade, était une ancienne pizzeria avec four à pizza et gondoles peintes sur le mur. Bref fut ravi. Il se frotta les mains, me donna une claque dans le dos : « Ça s'arrange, cher Virgule, ça s'arrange ! À ce soir pour la réunion de complot ! », et il me laissa seul, ce qui me fit tout drôle.

Le soir j'étais fin prêt : charcuterie, café (j'ai dû acheter une cafetière) et chaises en plastique. Bref arriva avec sa table de tapissier et Moneypenny avec sa tarte aux pommes. Bref déplia sa table : il y avait collé des photos. Je vous les ai apportées regardez : de la dentelle ancienne, un monogramme calligraphié, un plant de tomates, un renard empaillé et un faisan rôti. Et au milieu, une feuille A3 griffonnée de ce qui devait être un plan de l'Impasse, avec des lettres. Devinez un peu ce qu'ils veulent faire...Vous ne voyez pas ?

« Des musées ! annonça fièrement Bref. Nous allons installer des musées dans l'Impasse ! Chaque maison ? un musée. Comme ça lorsque l'expert va venir faire sa visite, il va tomber sur un charmant endroit plein de monde, complètement réhabilité, il ne pourra rien faire d'autre que d'abandonner cette idée d'immeuble et d'expropriation ! J'ai nommé les maisons par des lettres dans le sens inverse des aiguilles d'une montre en partant de la droite du porche. A sera le musée de la Dentelle, B(l'orfèvrerie littéraire de notre ami Virgule) va se transformer en musée de la Calligraphie ; C sera le musée de la Gnole ; D un potager de légumes anciens ; E, le Cabinet des Curiosités, restera en l'état, ou presque. Enfin F... et bien je vous laisse réfléchir ! Alors, alors ? À votre avis ? Quelle brillante idée est sortie de mon extraordinaire cerveau ? » Tous, nous nous penchâmes sur les photos. Il restait le faisan. « Un poulailler ? » « Un musée de la Chasse? » « On a déjà un taxidermiste ! » « Et si on faisait le musée du

Lacet ?»

À ce moment-là, frappant à la porte avec énergie et entrant sans attendre, apparut un géant en tablier. « Salut les gâte-sauces ! »

« Lazure ! s'exclamèrent en chœur les membres de la Ligue. Ça alors ! Tu es revenu ! » Embrassades, effusions. Je compris que le fameux Lazure rentrait de Versailles où il avait passé quelques mois en stage chez un ami aubergiste.

« Mais bien sûr, s'exclama Carbone, un restaurant ! La maison F sera un restaurant ! » « Et pas n'importe quel restaurant, affirma Bref. Ce sera comme à La Bouche du Roi. Un estaminet cuisinant uniquement des plats servis à la table du roi Louis XIV ! Grâce aux talents de notre ami Lazure, l'Impasse va sentir d'ici peu la poularde rôtie et la tourte au ris de veau ! »

Tout le monde se mit à applaudir, Lacadémicien joua d'un violon sorti de nulle part et Lazure fit sauter le bouchon d'une bouteille de cidre pendant que Carbone invitait Comode à esquisser quelques pas de danse. Pour ma part, je me sentais comme après un tour de Grand Huit. À la fois ravi et nauséeux.

Euphorie + exaltation + excitation + trouble

=

VERTIGE

Tout ce brouhaha, cette agitation. Longtemps après leur départ, je repensai à cette idée de musées. Était-elle brillante ou complètement idiote ? Difficile à dire. Une chose était sûre, ils faisaient souffler sur nos vies un sacré vent de nouveauté. »

Lanimal ne toussait plus, respirait mieux, il écoutait et s'endormait, sourire aux lèvres, au son de ma voix. J'étais devenu berceuse, livre de contes, pirouette de funambule au-dessus du vide.

La femme de la 102 ne pleurait pas. Elle était allongée dans son lit, enchaînée à des tubes.

JOUR10

Ils se sont installés chez nous, dès potron-minet. Chez moi. Solitude a grondé. J'avoue, j'ai eu du mal à la garder en laisse. J'avais bien envie de l'autoriser à leur sauter à la gorge avec leurs petites valises, leurs petites affaires qui prenaient trop de place. Ils allaient tout abîmer, c'est sûr. Ils tripotaient les pommiers qui ont HORREUR de ça. Sans parler de Sansfil, accroché à la cabine comme une bernique à son rocher. C'est MA cabine, MON T 80. Et l'alambic ! Ils l'ont démonté et transporté dans l'autre maison : ils n'allaient JAMAIS réussir à le remonter correctement ! Sueurs froides, mains moites, vertiges. Quand Bref a posé sa grosse patte sur mon épaule :

« Maintenant, Virgule, c'est à vous. Montrez-nous ce que vous savez faire avec les mots. » Gentiment mais fermement, il m'a ramené vers ma boutique, m'a assis derrière mon comptoir et m'a glissé mon stylo plume dans les mains. Mon rythme cardiaque est revenu à la normale, les bourdonnements ont cessé. « Ça va aller, Virgule, vous allez y arriver », me glissa-t-il avant de sortir.

Et c'était vrai. J'y suis arrivé. J'ai trouvé les noms des musées et choisi les alphabets adéquats. J'ai même rebaptisé l'Impasse : 'L'Archipel des Obsolescences'. Bref a dit qu'à défaut d'être très gai, ça pousserait les gens à ouvrir leur dictionnaire. Ce que je pris comme un compliment. L'obsolescence est le fait pour un produit d'être dépassé, périmé. C'est la dépréciation d'une chose avant son usure matérielle. C'est exactement ce que nous tentions de défendre, l'usure de l'Impasse. Le mot n'était certes pas joyeux mais il était juste, c'était l'essentiel. Il ne faut pas craindre les mots étranges qui servent bien notre pensée. Ils sont là pour ça et non pour rester bien à plat dans le dictionnaire. Sinon ils meurent, évidemment. Alors, si ce titre permettait à certains curieux d'ouvrir leur dictionnaire, oui, je serais flatté. Mais mon petit discours n'a ému personne. Fidus a proposé 'Le Cul-de-sac' ; Moneypenny, 'Le Verger'; Sansfil, 'Cabine & Cabinet' ; Bref a conclu en disant qu'on l'appellerait 'l'Impasse des Abrutis', si ça continuait comme ça et nous en sommes restés là.

A la fin de cette première journée de cohabitation, j'avais peint une partie des enseignes et avalé quatre anxiolytiques, mais je n'avais pas mis la Ligue dehors. Fidus et Sansfil ont remonté l'alambic, Lacadémicien a installé des guirlandes lumineuses entre les pommiers, Comode a sorti les trésors de dentelles cachées dans les placards et Moneypenny a cuit des tartes aux pommes. Nous les avons mangées à la bougie dans le Cabinet des Curiosités. Lacadémicien insistait beaucoup pour y tenir une réunion de complot. Il s'était pris de passion pour l'ambiance gothique du lieu. Nous ne pouvions pas allumer la lumière, il fallait rester discret, d'après Bref. J'ai eu beau leur expliquer que personne ne venait jamais dans l'Impasse, il n'en démordait pas. « Vigilance constante. Discrétion absolue. » Nous voilà donc installés à même le sol sur une grande couverture, en tailleur comme des Indiens dans leur tente. Les bougies disséminées sur les étagères jouaient de leur flamme contre les bocaux de formol et les formes étranges à l'intérieur semblaient prendre vie. Taquines, les cireuses projetaient des ombres mouvantes dans tout le magasin, les pigeons se faisaient corbeaux, les chats, panthères. Les chouettes ouvraient leurs ailes, et tout ce petit monde semblait prêt à fondre sur moi. Tassé dans un petit coin, je les tenais en respect du regard. Heureusement, le violon de Lacadémicien entonna une polka qui sembla les calmer et j'eus moins peur.

Bref ouvrit sa table à tapisser.

« La deuxième étape, expliqua-t-il, est de rendre légale la situation de Virgule. » La table à tapisser avait de nouveau changé de décor. Des fiches Bristol de couleur remplaçaient les photos. Elles titraient le nom de chacun et leurs missions respectives. « Je rappelle à l'ensemble des membres – y compris Lacadémicien et Comode qui discutent au fond – que Virgule a été victime d'un homme malhonnête qui lui a loué un bien dont il n'était pas propriétaire, mettant notre ami en fâcheuse posture. Bref, il faut retrouver le vrai proprio, ce qui n'est pas chose facile. Moneypenny, c'est à toi de jouer. Moneypenny trouverait n'importe qui, précisa-t-il, elle a remis la main sur mon oncle Aldo parti avec la caisse du magasin en 84. Il coulait des jours heureux sous une fausse identité à Boudes, dans le Puy-de-Dôme. On n'a pas 'boudé' notre plaisir de lui faire passer un sale quart d'heure ! conclut-il en riant. Bref. Moneypenny, je te charge de retrouver cette personne ainsi que les propriétaires de A,C,D et F.» Celle-ci se hâta de griffonner sur son carnet, l'air décidé.

« Maintenant, on passe aux choses sérieuses. » Comme un seul homme, tous les membres se tournèrent vers moi. Je n'étais déjà pas très à l'aise dans cette ambiance d'ombres chinoises mais là ils me firent carrément peur. Les flammes tremblotantes allongeaient les mentons, creusaient les orbites, grimaçaient les sourires et surtout me cachaient les regards. Qu'avaient-ils donc encore inventé ?

« Le moment est venu, monsieur Virgule, de choisir votre camp. De montrer que vous êtes des nôtres. Je vous le demande donc solennellement : voulez-vous faire partie de la Ligue des Défenseurs du Dérisoire, monsieur Virgule ? Jurez-vous allégeance à la Cause, la Grande Cause des métiers oubliés ? Jurez-vous de garder le silence concernant d'éventuelles méthodes frauduleuses ? Jurez, monsieur Virgule ou nous disparaissons de votre vie dans l'instant ! »

Je jurai, fort impressionné. Il me tendit, avec le cérémonial d'une remise de Légion d'honneur, un pin's publicitaire. Un tout petit pin's en forme de pomme à moitié mangée, scandant « Belle à croquer ». Il l'accrocha sur ma chemise et tous, d'un seul mouvement, me montrèrent le leur, dissimulé sur le revers d'une veste, sous un col de chemise ou sur une écharpe. Lacad' se mit à déclamer d'une voix de stentor « Sun Tzu a dit : "Qui connaît son ennemi comme il se connaît, en cent combats ne sera point défait. Qui se connaît mais ne connaît pas l'ennemi sera victorieux une fois sur deux. Qui ne connaît ni son ennemi, ni lui-même..." eh bien, il est mal barré ou un truc dans le genre. Désolé j'ai pas la fin. »

« Bref, conclut Bref, ça permet de se repérer entre gens de la Ligue et c'est bien pratique. » Je ne voyais pas en quoi c'était pratique mais j'étais bien content de faire partie de la Ligue des Défenseurs du Dérisoire et de la Pomme Croquée, alors je n'ai pas posé de question.Pourtant, plus tard, je revins sur le terme « éventuelles méthodes frauduleuses », que Bref balaya d'un geste de la main.

« Tout ce que vous devez savoir, c'est que nous sommes une sorte d'Agence Tous Risques, monsieur Virgule, agissant dans l'ombre sans jamais se faire repérer. Et puis, rassurez-vous, nous avons tous des faux papiers. »

Ce qui ne me rassura pas du tout.

J'accrochai le même pin's sur le pyjama de Lanimal. Lui aussi faisait partie de la Ligue, à présent, c'était officiel. Cette soudaine décoration alluma des étincelles dans ses yeux, je ne regrettai pas d'avoir pensé à lui en apporter un. Il me fit promettre de leur faire goûter le jus de bouillotte. Je lui avouai que c'était déjà fait.

Je croisai une blouse blanche dans le couloir et, les hurlements ayant repris à la 115, je la vis y entrer prestement, se pencher sur la vieille dame, bidouiller ses écouteurs et ressortir aussitôt. Les hurlements avaient cessé. Ma curiosité l'emporta, je l'interrogeai.

« C'est Lucette ! Elle n'a plus toute sa tête et elle écoute la radio à fond les manettes. Mais quand elle n'aime plus le programme, elle veut qu'on lui change de station, tout simplement. Elle ne sait pas le faire toute seule. Alors elle crie. Quant à Pierre, à la 114, il ne parle plus de façon compréhensible mais il ne supporte pas d'entendre hurler sa voisine, donc il appelle pour qu'on change l'émission de Lucette. Sans les consonnes. Excusez-moi j'ai du travail. »

J'en restai sans voix. La 102 était vide. Je frissonnai.

JOUR 12

L'oeil du médecin ne me dit rien qui vaille. Ce n'était pas 'Big moustaches', mais un FFI, Faisant Fonction d'Interne, un roumain ayant fait des études de médecine sans obtenir de diplôme et qui venait épauler les services saturés pour un salaire de misère. Avec un nez de fouine. Mal à l'aise, sa lueur clignotait. Il ne savait pas que je parle couramment le regard. Il hésitait entre l'affrontement direct ou l'entourloupe. Son regard disait : « Sa santé se dégrade très rapidement. Ses organes lâchent les uns après les autres. Je suis vraiment désolé mais il faut vous préparer au pire. C'est une question de jours. »

Mais il choisit de me dire dans un français douteux : «Il est stabilisé. Un peu. Le traitement il donne des résultats bons. Plutôt. Nous être satisfaits. Relativement. Votre ami il est solide, il va monter la pente. Il faut croire. C'est une question de jours. » Ben voyons. Je me tus, de peur d'être grossier et me contentai d'entrer dans la chambre de Lanimal, qui me demanda, essoufflé : « Alors ? Il avance ce resto ? »

À la Pomme de Perse, enseigne du restaurant magnifiquement réalisée par mes soins en onciale : lettres rondes, fonctionnelles, rappelant l'art roman. Sobre et élégant. C'est le nom latin de ce fruit prisé par Louis XIV mais Moneypenny y a vu un clin d'œil à sa lubie des tartes et elle s'est empressée de m'en concocter une rien que pour moi. La réfection du restaurant n'a pas été une mince affaire. Pour plus de sûreté, il avait été décidé que l'organisation des musées se ferait de nuit. De ma boutique, je voyais des ombres entrer et sortir de l'Impasse. Elles vidaient le camion de Malchau' et disparaissaient dans la boutique comme des fourmis remplissant la fourmilière. Le faisceau de leur lampe frontale laissait entrevoir tout un fourbi d'objets qui n'avaient aucun rapport avec un établissement culinaire. À mon sens en tout cas. À moins qu'on ne veuille se servir de vieilles raquettes comme coupe-frites ou d'un cheval de bois comme décapsuleur, je ne voyais pas bien leur utilité dans le ballet d'objets dont les membres de la Ligue remplissaient le futur restaurant. Je les ai laissés faire car j'étais très occupé : je devais finir d'écrire le menu en onciale également, qui figurerait crânement devant la porte.

ENTRÉE :

Consommé au xérès garni de quenelles

Bisque d'écrevisses à la Nantua

Œufs pochés Lully

PLAT PRINCIPAL :

Paupiettes de saumon aux huîtres

Tourte au ris de veau Montglas

Rognons de veau rôtis

(agrémenté de betteraves et de chicorées)

Foie d'oie frais aux raisins

(servi sur des croûtons frits au beurre, et nappé de sauce)

DESSERT :

Blanc-manger poudré de sucre

Massepain

Pêche 'Téton de Vénus' et Poire 'Cuisse-Madame'

Je devais préciser au bas du menu que l'ensemble des plats était servi avec des petits pois, légume qui faisait fureur à la Cour.

Bien entendu, pour l'inauguration, Lazure n'allait pas tout cuisiner. Le jour J, il proposerait la bisque d'écrevisses et la tourte au ris de veau, histoire d'embaumer l'air, et nos figurants feraient le reste. Du moins en théorie. Ça ne marcherait jamais leur entourloupe, bougonnais-je. Bref balayait d'un geste toutes mes suspicions. Faux permis d'exploitation, fausse licence IV, les talents de Fidus n'avaient décidément pas de limites. Il n'y avait pas que le sien, de talent, qui opérait dans l'Impasse. Le résultat des travaux du restaurant était époustouflant. Ils avaient transformé la pizzeria gondoléenne en estaminet que des Lillois n'auraient pas renié. À défaut de refaire les peintures, ils avaient accroché des cadres partout, de toutes tailles et de tous genres. Huiles noircies de paysages de Beauce, petits portraits de jeunes filles à chignon, marines aux cadres chargés et des affichettes en métal vantant les mérites de l'apéritif Dubonnet et de la réglisse Zan. Ils étaient allés plus loin, accrochant çà et là, vieux landeau, raquette de jeu de paume, grosses clés en cuivre, gaufrier en fonte, casse-noix, pavillon brillant de gramophone et le fameux cheval de bois. Suspendus aux poutres du plafond, on trouvait brocs en étain, paniers d'osier, chapeaux, et surtout de nombreux bouquets de houblon, tête en bas, qui saturaient l'air de leur parfum. Tables et chaises hétéroclites, verres de toutes tailles, c'était un vaste bazar organisé qui ne me plaisait pas du tout mais qui rendait Lazure fou de joie. Il se frottait les mains en riant et j'ai préféré sortir. C'était insupportable toute cette non-ordonnance des choses. Evidemment que je vous garde une part de ris de veau ! En attendant prenez quelques cuillères de purée de carottes, mais si, mais si ! ça rend aimable.

Lanimal fondait à vu d'oeil. Je le voyais pourtant tous les jours mais je me rendais bien compte de son inéluctable diminution. J'aurais voulu qu'on en reste là. Que le monde se taise, comme les oiseaux à l'approche d'un orage. Que la Terre s'arrête de tourner, que les rivières se fassent canaux, que la pluie ralentisse sa chute pour tomber sans bruit sur le sol. Chuuut, le malheur est là, recueillons-nous le temps d'une agonie.

Mais non. La rivière continuait probablement de sauter de rocher en rocher pour atteindre joyeusement la mer, le soleil se levait et se couchait rigoureusement comme d'habitude. Les pigeons roucoulaient toujours bêtement. Mes auteurs firent de même. Ils continuaient à venir me confier leurs manuscrits et leurs angoisses d'écrivain. Ils voyaient bien que le Cabinet des Curiosités était fermé et que la cour avait une drôle d'allure mais ils ne s'en formalisaient pas. Après tout, nous étions catalogués comme des originaux, plus rien n'étonnait mes clients concernant ce drôle d'endroit. Je les soupçonnais même d'aimer ça, d'ailleurs. J'avais le sentiment qu'ils passaient plus souvent ces derniers temps. La Chèvre, par exemple, (un grand blond avec des chaussures vernies noires) que je ne vois que tous les six mois, m'avait déjà rendu visite trois fois ce mois-ci. C'est vrai qu'il travaillait sur une commande de nouvelles et qu'il tenait à me les présenter à chaque fois qu'il en finissait une, mais il aurait pu le faire une fois tout son ouvrage terminé.

Max la Menace, aussi. C'est un garçon charmant mais toujours pressé : il a pour habitude de me jeter son manuscrit sur le comptoir « merci, je file, je suis en retard ! » avant de repartir aussi sec. Eh bien, Max, la veille, s'était assis dans mon fauteuil. ASSIS. « Il faut que je vous parle d'un grand projet, j'ai besoin de vos lumières... c'est sympa vos étagères à tiroirs, dites-moi ! Qui vous a fait ce beau travail ? C'est du sur-mesure ? » Et patati et patata. Il ne décollait plus, le bougre !

J'ai même eu un nouveau client: Igor, un grand russe barbu pas commode qui écrit des romans absolument invraisemblables pour lesquels il cherche des titres codés, «pour se protéger de l'ennemi» m'a-t-il confié. Il s'adressait à moi car son premier roman: «Du pain, des jeux et de la vodka» (critique du régime soviétique des années soixante) lui avait valu beaucoup d'ennemis. Il se déplaçait en rasant les murs et avait fait le tour de la boutique à la recherche d'éventuels micros. Mais il m'était très reconnaissant de lui avoir trouvé «Les Zakouski n'étaient pas frais » et « Les heures blanches du cerf rouge» et il m'adorait. «Demandez n'importe quoi, Mister Virgule, pour vous je fais. Da.»

La palme revint à BB, une foldingue de soixante ans arborant une choucroute rousse sur le haut de la tête. C'est idiot mais je ne peux pas supporter le désordre constant de sa chevelure. Je peux éventuellement tolérer ses écrits sulfureux, ses ongles peints et son chihuahua prénommé Chilé, « Prononcez Tchilé, monsieur Virgule », qui ne manque jamais de l'accompagner. Mais pas cette masse capillaire informe qui s'agite dès qu'elle parle . Cette femme horripilante vint donc, comme tous les quinze jours, et se mit à me parler... jardinage ! « En voilà des beaux pommiers ! Comme ils sont choux ! Ils sont très vieux n'est-ce pas ? Lequel est le plus costaud ? » Et patati et patata. Les auteurs sont d'un égoïsme farouche. Je suis dans la situation de l'équamots n° 59 :

Accablé + consterné + abattu + brisé + au bout du rouleau

=

DÉSESPÉRÉ.

Et voilà qu'on me parle menuiserie ou jardinage ! Qu'on squatte mes fauteuils !

Oui, j'aurai vraiment voulu qu'on en reste là. Que la Terre s'arrête de tourner et que mes auteurs, l'œil humide et le front bas, souffrent avec moi de l'agonie de Lanimal. Et me fichent la paix, bon sang !

Solitude s'était couchée devant la porte en ronronnant. Brave bête.

JOUR 14

J'ai fait la connaissance de Tarbais, le jardinier. Il est venu s'occuper du 'Potager des oubliés'. Enseigne en belle anglaise vert émeraude. Un échalas en salopette, cheveux en bataille, dents de guingois. Curieux, j'ai voulu le regarder faire mais mal m'en a pris car il m'a mis au travail. J'ai transporté de la terre. Moi. De lourds sacs de terre qu'il m'a flanqué sur le dos. Une horreur. J'ai réussi à suer malgré les températures printanières. Et ensuite j'ai dû farfouiller directement dans ce terreau poisseux. Il m'a fait faire des sillons, j'ai sali mon pantalon, ma chemise était collante. À la fin de l'après-midi j'avais le dos en compote, les ongles noirs. Et j'ai eu faim. Une faim de loup, comme je n'en avais pas ressenti depuis longtemps.

singulier + anormal + bizarre + nouveau + rare

=

INSOLITE

C'était merveilleux. Lazure avait préparé des linguini à la sauce carbonara et, quand nous nous sommes tous retrouvés le soir dans l'estaminet, je n'ai vu ni le désordre ni les couverts dépareillés. J'ai vu la chaleur du feu dans la cheminée, le joli nœud dans le chignon de Comode et l'énorme assiette de pâtes devant moi. Que j'ai dévorées. J'ai même chanté *Santiago* avec Lacadémicien. Se pourrait-il que ce soit possible ? Rencontrer ainsi les bonnes personnes, au bon moment ? Vraiment, se pourrait-il ?

Le lendemain, j'ai planté les petites étiquettes aux noms sibyllins tracés en anglaise : 'Petit carré de Caen', 'Chénopode bon-Henri', 'Oignon Rocambole', 'Tétragone cornue', 'Topinambour', 'Panais', 'Crosne' 'Rutabaga' 'Salsifi' 'Arroche' et 'Améliorée de Montlhéry'. Encore une fois, la magie des mots offrait des titres de noblesse à de simples légumes comme des haricots cocos, des épinards ou des tomates. Comme la citrouille se changeant en carrosse dans *Cendrillon*, nota justement Comode. Celle-ci avait croqué chaque légume au pastel et les a affichés sur les murs en ruine.

Comode a aussi fait un travail remarquable dans son musée. J'avais trouvé pour celui-ci un excellent jeu de mots. Le point d'Alençon était également appelé « la reine des dentelles », aussi ai-je baptisé son musée « Au Hameau de la Reine », en chancelière, une écriture cursive fine inclinée, chérie des Italiens au 15 eme siècle, qui se termine par des arabesques évoquant le fil de la couturière. Pour cacher la misère, elle avait accroché de grandes toiles blanches qui n'étaient autre que de la toile de parachute, surplus de l'armée trouvé par Bref dans les trésors de sa quincaillerie. Mais elle les avait installées avec tellement de savoir-faire, travaillé les plis avec une telle dextérité qu'on aurait dit des tentures antiques sortant tout droit d'un décor de théâtre. Je découvris surtout un aperçu de ses incroyables talents de dentellière. Sur deux mannequins de couture trouvés en haut, elle avait installé ses propres travaux de dentelle.

Gracieux + fin + délicat+ raffiné + harmonieux + dinstingué

=

ÉLÉGANCE

Je me suis plu à la regarder travailler. Fasciné de voir naître sous ses doigts un réseau de mailles bouclées, de « modes » qui sont des points fantaisie, de « brodes » et autres points de boutonnière vieux de plus de trois siècles. La couturière commence par créer un dessin technique souvent fait de fleurs et de boucles. Puis vient le piquetage, la trace, et enfin le réseau, rempli au point de Venise, au point Saint-esprit et autres points de boutonnière. L'ouvrage se termine avec l' « éboutage », qui consiste à bien aplanir l'ouvrage. Cette dernière étape utilise comme outil une pince de homard. Une vraie, hein ! Le bout arrondi de l'extrémité de la pince servant à bien passer partout. Autrefois, me précisa Comode, on utilisait un croc de loup. Comme d'habitude, les mots et les gestes m'attirèrent davantage que l'ouvrage en soi. Je me promis d'utiliser ce vocabulaire entourant la « Reine des dentelles » pour un prochain titre.

Le travail d'aiguille invite à la conversation. Hypnotisé par le trajet de ses doigts sur la dentelle, je me surpris à l'interroger sur sa vie. Elle me confia qu'elle avait été élevée par sa grand-mère, à Alençon donc, mais qu'elle-même était granvillaise. Elle était venue vivre dans l'Orne à six ans, après que son père eut précipité sa voiture du haut de la jetée, dans le port à sec. Déchiré par le décès de sa femme deux ans auparavant, emportée par la maladie. Comode m'avoua qu'elle n'avait pas de souvenir de sa mère. Juste de sa main sur un drap, une main fine et blanche comme de la porcelaine. Main d'albâtre sur drap brodé. Plus tard, elle avait pris des cours de dessin rien que pour pouvoir la dessiner, cette main maternelle qui l'obsédait tant. Du dessin à la dentelle, il n'y avait qu'un pas, que Comode avait franchi sans hésiter. Je ne sais pas si c'était l'ouvrage, l'envoûtement du fil, les mains de Comode, le feu craquant dans la cheminée, j'ai parlé de la Toutepetite. Du pied de la Toutepetite. Si parfaitement miniature. Chaque orteil comme des bulles serrées les unes contre les autres. Vu d'en-dessous, on aurait dit des petits pois rangés dans leur cosse. Parfaitement miniature. En l'air, même pas posé sur le matelas, comme en suspens, comme sachant qu'il ne supporterait le poids de personne, comme déjà prêt à voler vers d'autres cieux. Un pied d'ange tout neuf. J'ai confié à Comode que ce pied me réveillait la nuit, comme je cherchais à soulever la couverture, à trouver l'autre. « Parce qu'il faut deux pieds dans la vie, bon sang, comment va-t-elle faire avec un seul ? » Ma voix s'est fêlée et je me suis tu. Comode a hoché la tête, sans interrompre son travail et je lui en sus gré.

Lanimal a trouvé que c'était un peu triste, tout ça, et qu'il boirait bien du jus de bouillotte pour faire passer. Je lui promis de lui en rapporter en cachette.

Ce soir-là, j'ai sorti Solitude dans les rues de la ville. Pas de réunion de complot, ni de tarte aux pommes au son du violon, ni de plan tarabiscoté sur une table à tapisser. Pas de manuscrit ni de titre. Rien du tout. Juste l'asphalte humide sous mes pas et les bruits de la nuit. Je ne faisais pas trop ça d'habitude, me promener la nuit. Les fenêtres éclairées sont autant de portes ouvertes sur la vie des autres. On y devine des dîners, des familles agglutinées devant la télé, un couple de vieux dans leur canapé, mots croisés et tisanes, la veilleuse d'une chambre d'enfant derrière les rideaux. Ça me rappelait combien j'étais différent, comme je n'entrais pas dans la petite case bien nette de ces fenêtres illuminées. Mais ce soir-là, oui, c'est vrai, je les enviais un peu. J'avais envie de voir de la lumière dans le Cabinet des Curiosités, de pouvoir y entrer, de me savoir attendu pour une partie de Scrabble acharnée.

La Ligue s'est faite toute petite, ses membres sont tellement compréhensifs. Quand je suis rentré tout était noir dans l'Impasse comme si rien n'avait changé, ne changerait jamais. Après tout, se pourrait-il ?

JOUR 17

Je ne suis pas venu plus tôt, excusez-moi, mais je voulais attendre le retour des membres, partis pour une mission extrêmement risquée. J'ai un peu de jus de bouillotte pour me faire pardonner. Je vous sers un godet et je vous raconte.

Je découvris enfin la voix de Moneypenny. Une voix d'institutrice. Articulée. Comme pendant une dictée en primaire. Je m'attendais presque à ce qu'elle dise la ponctuation : « Je vais vous raconter, virgule, comment j'ai procédé, point. »

« Chers amis, vous connaissez mon goût pour les recherches difficiles et les traques haletantes. Je peux vous assurer que ce ne fut pas simple. Je passe sous silence les coups de fil insistants et les pots-de-vin exorbitants que j'ai dû accorder pour trouver la trace de ces propriétaires, et j'en viens à l'essentiel. »

Elle fit une pause, éclaircit sa voix.

« Il était une fois, en Normandie, un petit village au nord de la baie du Mont-Saint- Michel. Située entre la Bretagne et la péninsule normande, c'est l'une des plus belles baies du monde. Autour d'une église rongée par les embruns, la place du village aligne de petites maisons de granit tournant le dos à la baie, comme si elles lui en voulaient un peu. Ce village a pourtant la chance d'être aux premières loges pour admirer le paysage changeant que permet le marnage exceptionnel de la baie. Au gré des marées, la mer s'en retire complètement comme on tirerait une couverture, pour revenir s'y étendre rapidement six heures plus tard. De nombreuses bâtisses, cossues, fort bien rénovées, trempent le bout de leur propriété dans les limites sableuses de la baie pour le plus grand plaisir de leurs propriétaires. Propriétaires anglais pour la plupart. Ou danois. Et c'est là que le bât blesse. Ces belles bâtisses qui forcent l'admiration des randonneurs ou des pêcheurs à pieds, n'ouvrent leurs volets que quelques semaines dans l'année. Réduisant le village, l'hiver, aux quelques autochtones autour de la place, et au centre équestre. Lacadémicien et moi-même avons obtenu toutes ces précieuses informations grâce à Broladre. Un guide-crêpier affublé d'un tarin en forme de fraise. Les conditions climatiques, que mon acolyte taxa de « temps de chien », nous poussèrent à nous engouffrer dans la crêperie de ce brave homme, un endroit charmant tapissé de photos de la baie à toutes les heures, toutes les saisons, toutes les époques. Le plafond bas strié de poutres et la grande cheminée invitaient à s'asseoir et à ne plus bouger. Ce que nous avons fait bien volontiers devant une bolée de cidre accompagnée d'une crêpe fourrée de pommes caramélisées au calva. Nous avons vite sympathisé avec ce bon Broladre qui nous a raconté son pays, le mont bien sûr et ses siècles d'histoire.Tour à tour abbaye, prison, lieu de pèlerinage et manne touristique connue dans le monde entier. Et la baie, comme un cerbère d'eau et de sable, s'enroulant autour du mont pour mieux le protéger, affolant ou noyant les imprudents marcheurs. Fascinante baie, unique ! Il nous raconta aussi la situation du village et l'animosité farouche des villageois envers les estivants et les agents immobiliers. Or, c'est dans ce petit village endormi que vivent les sœurs Jacotier : Bathilde et Jeanne, propriétaires de la boutique de Monsieur Virgule. Elles possèdent l'ensemble des bicoques de l'Impasse, figurez-vous, un héritage de leurs grands-parents maternels. Sur la place du village, elles habitent deux adorables maisons en granit avec volets bleus et hortensias assortis, tassées l'une sur l'autre comme pour se tenir chaud. Les maisons, pas les sœurs Jacotier. L'évocation de leur nom fit bien rire Broladre. De sacrées bougresses pour employer son vocabulaire. D'après lui, on ne risquait pas de les voir ensemble dans la même pièce. Elles étaient fâchées et refusaient de communiquer depuis dix ans, date à laquelle leurs maris respectifs étaient partis à la pêche à pied dans la baie et n'en étaient jamais revenus. Bathilde pensait que le mari de Jeanne était responsable. Et vice versa. Si bien que chacune crachait devant le portillon de l'autre chaque fois qu'elle entrait ou sortait de son jardinet. Sauf les jours de grand vent. Et le vent soufflait le jour de notre visite, ça oui. Un vent du sud, vent de terre, vent de tempête. Nous décidâmes de nous séparer et de parler aux sœurs chacun de notre côté. Je ne me faisais alors aucun souci quant à la réussite de notre entreprise. Les mésaventures de notre ami Virgule pouvaient attendrir le cœur le plus sec. Lacadémicien et moi avions une grande force de persuasion. Pour autant, mon assurance s'écailla quelque peu quand, frappant au carreau crasseux de la maisonnette de Bathilde, j'entendis :"Barrez-vous !" La brave femme finit par m'ouvrir quand elle comprit que je venais de la part de Broladre et que je n'étais pas un de ces agents immobiliers qui écument la région à la recherche de bicoques authentiques pour "ces vautours d'anglais ", comme elle le dit si joliment. D'après elle, ils tenteraient de l'assassiner ou pire, de la droguer pour l'enfermer dans un hospice. Et ils avaient qu'à essayer ! Elle les attendait avec le fusil chargé sous le matelas. Une belle volée de plomb dans le derrière.

Nous voyons là que le tempérament bien trempé de Bathilde n'allait pas nous simplifier les choses. Elle n'avait aucun souvenir de l' Impasse et ne savait même pas qu'elle était propriétaire d'autre chose que de ce toit au-dessus de sa tête. Ce n'était pas gagné.

De son côté, Lacad' fit un travail remarquable avec Jeanne. D'un esprit plus avenant que sa sœur, elle tomba sous le charme de notre ami qui lui récita des vers tandis qu'elle lui servait du café noir.

Ces lieux sont purs ; tu les complètes.

Ce bois, loin des sentiers battus,

Semble avoir fait des violettes,

Jeanne, avec toutes tes vertus.

Tout ce vallon est une fête

Qui t'offre son humble bonheur ;

C'est un nimbe autour de ta tête ;

C'est un éden en ton honneur.

Ô Jeanne, ta douceur est telle

Qu'en errant dans ces bois bénis,

Elle...Elle...

Elle fait chanter les hirondelles

Sur les roches du mont joli !

Heureusement Jeanne ne connaissait pas ce poème de Victor Hugo, elle excusa donc les libertés de Lacadémicien et fut passablement troublée par la cour que lui faisait notre ami. Elle se souvenait vaguement de l'Impasse et sortit d'un vieux carton des dossiers poussiéreux regroupant les actes de propriété datant de Mathusalem. Les grands-parents des sœurs Jacotier étaient propriétaires de cette impasse quand c'était encore un petit centre équestre. Se regroupaient alors les écuries, l'atelier du maréchal-ferrant, la sellerie et tout ce qui avait trait à l'univers du cheval. Durant l'entre-deux-guerres, l'endroit avait changé de fonction. Pour des loyers dérisoires, les parents de Jeanne et de Bathilde aidaient les jeunes de la campagne qui voulaient s'installer en ville. Le dossier contenait les baux des différents commerces qui se succédèrent : un chapelier, une modiste, une fleuriste, un coiffeur, un imprimeur. Modestes et heureuses boutiques prospérant dans l'Impasse. La guerre avait fermé les commerces, bâillonné les matins chantants. Les parents Jacotier étaient morts et plus personne ne s'était occupé de cet endroit, qui tomba dans l'oubli. Les deux vieilles dames n'ont jamais quitté leur baie et n'ont pas eu d'enfants. Jeanne accepta de confier son dossier à Lacadémicien qui promit de le lui rendre dès le lendemain. Nous louâmes les deux chambres au-dessus de la crêperie, et le soir, dans la salle vide, nous étudiâmes tous ces documents en prenant garde de ne pas les tacher avec le jaune d'œuf des galettes complètes, supplément oignons andouille, que Broladre avait eu la gentillesse de nous cuisiner. Comme je le félicitais pour cet excellent repas, il accepta de me donner ce qu'il appela un "tuyau". Autrement dit un renseignement précieux : ne surtout jamais leur parler de leurs maris. "Les gamins du village s'étaient amusés à demander de leurs nouvelles, en hurlant à tue-tête devant les maisons : ils s'en souviennent encore. Vous pourrez demander à mon fils. Il doit lui rester une cicatrice de la volée de gros sel qu'il s'est prise dans le derrière. Ne JAMAIS parler des maris."

Le lendemain, le vent tomba. Hélas, la pluie aussi. C'est comme si l'averse diluait le gris du granit pour en barbouiller tout l'espace. Gris le ciel, gris les bocages, gris les vaches dans les prés et les moutons traversant la place. Nous regardions à travers la vitre le décor fondre et disparaître comme un dessin d'enfant à la gouache laissé sous la pluie. Pluie qui n'a pas dilué notre détermination. Accoutrés de vestes de quart, nous traversâmes le grain gris et chacun chez chacune, nous leur avons patiemment expliqué toute l'affaire : le gentil Virgule, les vilains promoteurs et notre projet de sauvegarde de ce lieu si particulier. Elles tricotaient la même laine bleu marine, chaude et rêche, chacune dans sa maison, assise devant l'âtre. Et de fil en aiguille, elles en vinrent à parler de l'enfance dans la baie, de l'autre côté du Couesnon, à quelques kilomètres de là, vers l'ouest. Phrases courtes, arides. Pas l'habitude de faire du sentiment. Enfance heureuse, inséparables paires de nattes blondes, taches de rousseur, dents du bonheur. Leur maman était institutrice. Elle venait de la ville. Et leur papa élevait des agneaux de pré-salé, une spécialité de la région − Les moutons pâturent dans les herbus de la baie depuis des siècles donnant à la viande une saveur particulière qui lui vaut sa renommée −Elles se rappelaient de la laine tendre des agneaux à tête et pattes noires, qu'elles caressaient dans l'enclos. Et chacune se souvint de l'autre, comme c'était doux d'être deux, comme c'était doux de s'entendre. Les roudoudous de caramel que la mère coulait dans le creux des berniques, les pêches aux crevettes que les flots piégeaient dans les creux de rocher, cette mer aussi rapide qu'un cheval au galop quand elle entre dans la baie, disait le poète. Et même que c'est pas vrai, qu'un cheval va plus vite, disait leur mère, mais qu'elle est rapide quand même, la mer, et qu'il faut s'en méfier. L'évocation de la marée piégeuse fit taire nos bonnes femmes. On n'entendait que le cliquetis des aiguilles et le bois craquant dans la cheminée. Chacun chez chacune, nous attendions qu'elles poursuivent. Mais elles n'ouvrirent pas la bouche. Elles turent leurs souffrances, leur colère.

Leurs aiguilles seules cliquetaient durement, racontaient qu'ils auraient dû se méfier, les deux abrutis partis pêcher la coque bleue et cueillir la salicorne, cette algue de la baie au goût acidulé. Une marée d'équinoxe et on se laisse tenter. Tenter d'aller un peu plus loin, de croire qu'on connaît la baie et ses marées galopantes. Tenter de penser qu'on est plus malin que la furie des eaux. Ces eaux triomphantes qui rejettent les vaincus noircis et gonflés, les abandonnent sur un coin des herbus, sans plus de façon qu'un tas de varech. Mais elles n'ont pas dit un mot. Une maille à l'endroit, une maille à l'envers. Les aiguilles seules nous parlaient. De toute cette tristesse, cette colère, qu'il valut mieux rejeter sur la sœur plutôt que de la porter soi-même. Dans le silence de leurs aveux, nous avons repoussé les eaux et les idées noires en évoquant leurs parents. Forts des renseignements glanés sur l'histoire de l'Impasse, nous leur avons rappelé leur volonté d'en faire un endroit accueillant, intelligent, généreux, combien ils seraient fiers de voir leurs filles reprendre le flambeau. Alors elles ont dit oui, chacune de leur côté. Elles étaient prêtes à louer à Virgule l'ensemble de l'Impasse pour un euro symbolique.

Hélas. Quand elles ont appris que l'une était d'accord avec l'autre, elles ont changé d'avis, refusant que l'une ait quoi que ce soit de commun avec l'autre, même une décision. Ce qui est absurde puisqu'au final leur choix de ne pas louer était commun également. Lacadémicien dans une maisonnette et moi dans une autre, nous avons bien essayé de leur faire comprendre l'incongruité de leur raisonnement. Rien à faire. C'est bien déprimés devant une crêpe au chocolat surmontée de chantilly faite maison que nous avons dû reconnaître notre échec. La pluie avait cessé, quelques culottes de gendarme flottaient dans le ciel, et les mouettes riaient au loin. C'est alors que le destin est venu nous donner un petit coup de pouce. Nous avons vu débarquer un gros 4x4 noir d'où sortirent quatre types, costume-cravate-lunettes de soleil-chewing-gum. Ils sont restés là, debout, jambes écartées et mâchoires en mouvement, regardant à droite et à gauche comme pour évaluer le danger. Les plaques du 4x4 indiquaient qu'ils venaient de chez nous. Les hommes du maire. Ils tentaient de faire l'impasse sur l'Impasse ! Comme un seul homme, ils se sont dirigés vers les maisons des sœurs Jacotier. Deux à gauche, deux à droite. Ils ont tambouriné aux portes comme s'ils voulaient les ouvrir de force. Les portes s'ouvrirent, ils s'engouffrèrent à l'intérieur. Assis dans la crêperie, nous étions aux premières loges. Lacad' voulait sortir, intervenir, mais Broladre le dissuada.

"Laissez tomber, ils ont plus à craindre qu'elles, croyez-moi."

Il avait raison. Je ne sais pas ce qu'ils leur ont dit mais ils ont dû mal s'y prendre. Peut-être ont-ils demandé des nouvelles des maris ? Toujours est-il que nous avons entendu des hurlements et des détonations avant de voir nos gaillards sortir fissa des maisons, poursuivis par les sœurs Jacotier, carabines à l'épaule. Les quatre cow-boys de pacotille traversèrent la place en beuglant et en se tenant le derrière. Elles ne leur laissèrent même pas le temps de remonter dans leur voiture avant de recommencer à tirer. Heureusement, elles les manquèrent. Ils s'engouffrèrent dans leur grosse cylindrée et démarrèrent en trombe, non sans qu'une dernière volée de gros sel vienne cribler la portière. Puis, chacune dans son jardinet, la carabine cassée sur l'avant-bras, les sœurs Jacotier leur lancèrent en chœur : "La prochaine fois, on met du plomb !" Nous étions sur la place. Broladre, Lacadémicien et moi, mais aussi tous les voisins, attirés par le raffut. Broladre lança le signal : il se mit à rire à gorge déployée et nous avons tous fait pareil. Même Jeanne et Bathilde. Elles ne s'arrêtaient plus. Les hommes du maire avaient payé pour tous les promoteurs et agents immobiliers qui tentaient de transformer leur village en centre de vacances pour étrangers fortunés. La place du village, pleine de monde, donna des envies à Lacad' qui sortit son violon, sauta sur la margelle de la fontaine et joua une polka entraînante. Quelqu'un l'accompagna à la trompette et la place du village prit un air de guinguette. Broladre servit du cidre, pour accompagner les crêpes au sucre, et les soeurs Jacotier ont fini par se tomber dans les bras. D'un air entendu, elles ont décidé non pas de louer mais de vendre l'ensemble de l'Impasse à Virgule pour un euro symbolique si nous leur payions le voyage pour l'inauguration des musées. "Rien que pour voir la tête du maire", ont-elle expliqué. Puis elles sont reparties, bras dessus bras dessous, pleurer ensemble leurs maris et rattraper le temps perdu. Et elles vivront heureuses encore de longues années ! Fin ! »

D'un coup de coude je réveillai Sansfil qui s'était assoupi le menton sur la poitrine, et nous avons tous chaleureusement applaudi et félicité nos deux enquêteurs qui avaient si bien rempli leur mission. « Je vous l'avais dit qu'elle y arriverait ! lança fièrement Bref. Elle les retrouve toujours ! Je vous ai parlé de mon oncle Aldo ? » On a vite répondu que oui, on connaissait l'histoire d'Aldo. Bref a pris Moneypenny dans ses bras et l'a embrassée sur les deux joues, si bien qu'elle devint aussi rouge que son pull ; Lacad' commença à déclamer *Les Quatre Vents de l'esprit,* un poème de Victor Hugo sur le Mont-Saint-Michel commençant par 'La nuit morne tombait sur la morne étendue'. Je ne pourrais pas dire la suite, Lacad', ému, ne parvint pas à se la rappeler. Mais ce n'était pas grave car Lazure est arrivé avec un gigot de pré-salé serti de gros cocos. Nous avons dignement fêté le changement de propriétaire de l'Impasse que j'ai baptisée provisoirement 'L'Impassible' avant de m'écrouler enivré d'un verre de cidre, sous le pommier Rambault.

Le rire de Lanimal se transforma en toux déchirante, asphyxiante. Les machines se mirent à sonner, branle-bas de combat des sabots blancs, je suis sorti, ai fait les cent pas, le cœur fripé d'angoisse. Il reprit son souffle.

Je lui promis d'être moins drôle à ma prochaine visite. Lanimal a souri mais son regard pleurait.

V

« Un bouquet de houx vert et de bruyère en fleur »
V.Hugo

JOUR 19

Ma Lavandière était passée. La buée de la vitrine avait
flouté sa silhouette mais je la reconnaîtrais parmi
toutes les autres. J'aurais aimé pouvoir lui parler de
Lanimal mourant, de la Ligue des Défenseurs du
Dérisoire. De ces efforts désespérés. Comprendrait-
elle ? J'en doutais mais qui le pourrait ? Je fixais le
rond noir cerclé de blanc de ma tasse pleine. La
suspension au-dessus de ma tête s'y reflétait comme
une lune dans un lac. Un étang de poche en quelque
sorte. Un petit gour aux eaux noires. J'ai lu qu'en
Auvergne les montagnes cachent dans leur creux des
trous d'eau, des gours, étroits et très profonds. Certains
disent qu'ils cachent des passages secrets vers le cœur
des volcans, et peut-être des monstres vieux de mille
ans. Que sortirait-il de toute cette histoire ? Combien
de temps encore avant la fin? J'avalais les eaux noires
du 'gour café', pas de monstre au fond de la tasse. Pas
de réponse non plus à mes angoisses. Il était temps d'y
aller, il y avait encore du travail.

On en venait à la phase finale des travaux. Un

promeneur noctambule aurait pu jurer avoir vu des feux follets voleter dans l'Impasse : juchés sur des escabeaux, allant et venant dans   la cour, les lampes frontales des membres de la ligue étaient autant de poulpiquets – comme Comode appelait les esprits de la nuit – qui ont peint, réparé, bricolé, briqué, et porté des meubles.

'L'Antre du bouilleur' était une merveille. Pour l'enseigne j'avais choisi une versale bien ronde, élégante, caractérisée par des fûts cintrés qui évoquent des tonneaux de vin. L'alambic était exposé au milieu de la pièce. Aux murs, des grandes reproductions de dessins anciens montrant la pomme et la poire sous toutes les coupes, d'autres représentant moult variétés de pommes. Et des bouteilles, partout. Des grandes et des petites, rondes, carrées, bleues ou vertes, avec ou sans étiquettes, vides ou pleines. Gargoulette, flûte à corset, dame-jeanne, fiole, flacon, carafe, tourie, calebasse. Chinées dans les brocantes ou dégottées dans les trésors de Lanimal. C'est Fidus qui était chargé de faire la visite, il était un peu tendu, alors il s'entraînait le soir à boire le jus de bouillotte, assis contre le tronc des pommiers, en chantant « Guy Môquet, si tu savais, comme on t'aime, comme on t'aime... » Horrible. J'ai investi dans des boules Quies.

« Comment va ma boutique? » me demandait la lueur dans l'œil de Lanimal. Il ne s'exprimait plus depuis la veille, ressort cassé dans un coin du cerveau. Heureusement que je parlais le regard. Comme si ce don ne m'avait été confié que pour cet instant-là : pouvoir répondre aux questions oculaires de mon ami.

Le 'Cabinet des Curiosités' est parfait. La devanture a été repeinte en rouge sang de bœuf avec lombardes dorées, lettres droites aux fûts larges qui permettent un décor intérieur. Je n'ai pas voulu y dessiner des oiseaux, j'y ai mis des chinchillas. Et un zèbre. Les étagères sont droites, les araignées chassées, le sol balayé. On voit même ce qui nage dans les bocaux de formol maintenant qu'ils sont propres. Ce qui n'est pas forcément une bonne chose. La collection de pigeons et de chats est à l'honneur bien sûr, mais nous avons ressorti toutes les œuvres cachées dans les placards : renards, faisans, pies et...un teckel. « Je ne savais pas que Lanimal faisait dans le "chienchien à sa mémère" » a rigolé Bref, mais je l'ai fermement remis à sa place, rassurez-vous. J'ai épousseté toutes les récompenses de concours, lustré les coupes, lissé les rubans, astiqué les médailles...Comme ça, tout le monde comprendra combien vous aviez du talent. Gratitude du regard, avec au fond une lueur de gêne. On ne se refait pas, on garde sa fierté sur un lit de mourant..

JOUR 21

Sansfil n'était pas bavard pour un type qui avait passé sa vie à réparer des téléphones. Une fois la révision de la cabine faite, il venait une heure chaque jour dans l'Impasse, s'asseyait sur le banc en face de la cabine et il la contemplait. Je vins un jour m'asseoir à côté de lui. Il me jeta un coup d'œil, me sourit et sans un mot continua à regarder la T 80. Et moi aussi. Elle était toute propre.

« Vous avez bien travaillé, me hasardai-je, est-ce vrai que votre père faisait le même métier ?

- Mon père dézinguait les lignes téléphoniques, monsieur, me rétorqua-t-il. C'est quoi votre nom déjà ?

- Vous pouvez m'appeler Virgule.

- Mon père sabotait les lignes de communication des Boches, oui monsieur. Il nous a mis, ma mère et moi, dans un train pour le sud de la France dès la défaite française. Et après il a passé son temps à couper des fils. Lacisaille qu'on l'appelait. Les Boches étaient fous. Ils pensaient que c'étaient des actes isolés, sans véritable organisation derrière, mais c'est ce qu'il voulait leur faire croire ! En réalité, avec ses copains, il avait créé une société secrète 'Les accablés'. Leur mission : couper du câble dans tout le département de Seine-et-Oise. Ils ont fini par l'attraper, un soir d'avril 42. Il avait coupé un fil de trop. Il est mort fusillé. Il nous avait mis dans ce train, ma mère et moi, et c'est la dernière image que j'ai de lui. Moi à la fenêtre du wagon et lui sur le quai nous faisant au revoir de la main. Pas un joyeux va-et-vient, non. Il a juste levé le bras au-dessus de sa tête, du genre "Salut l'artiste" avec sur le visage un sourire triste qui se voulait rassurant sans y parvenir. Et puis il nous a tourné le dos. Il s'est mis à marcher sur ce quai. Et moi j'ai détourné le regard. Si j'avais su ! J'aurais continué à le regarder partir, je me serais tordu le cou par la fenêtre pour le voir encore, ne serait-ce que quelques secondes de plus. Peut-être s'est-il retourné une deuxième fois, qui sait ? Peut-être savait-il, lui, que la dernière image qu'il garderait de moi, était à la fenêtre de ce train ? » Sans crier gare, Sansfil se mit à chantonner d'une voix éraillé, fluette :

« Celui qui vient à disparaître,

Pourquoi l'a-t-on quitté des yeux ?

On fait un signe à la fenêtre

Sans savoir que c'est un adieu

Chacun de nous a son histoire

Et dans notre cœur à l'affût

Le va-et-vient de la mémoire

Ouvre et déchire ce qu'il fut.

Nul ne guérit de son enfance... de son enfance...»

Puis il se tut, retombé dans ses pensées. Moi qui envisageais d'entamer une gentille conversation sur la solidité des T 80.

- Et c'est pour lui que vous avez choisi ce métier, pour lui rendre hommage.

- A qui ?

- Et bien... à votre père.

- Mon père est mort, monsieur ! C'est quoi votre nom déjà ? »

Comode vint à mon secours.

« Alors Sansfil, tu racontes encore la fois où tu t'es enchaîné à la cabine du boulevard de l'Oustau pour ne pas qu'ils la démontent ? »

- Ah ça ! c'était quelque chose ! Je ne vous ai pas raconté, monsieur Virgule ? C'était l'an dernier...», et pendant que Sansfil, enfin remis sur le bon chemin de ses souvenirs, narrait ses exploits, Comode me chuchota qu'il fallait éviter de lui parler de son père, parce que ça le détraquait complètement. Ce que j'avais bien compris.

Les yeux de Lanimal ne me quittaient pas. Je savais bien qu'il avait vécu une histoire similaire, que cette enfance-là était aussi un peu la sienne, même s'il avait toujours été taiseux quand il s'agissait de parler du passé. Il tendit la main et agrippa mon bras, comme pour me dire quelque chose, en vain. Je pris sa main dans la mienne pour l'apaiser et changeai de sujet.

Je ne vous ai pas parlé de la caisse de cinéma ?

Incroyable ! Figurez-vous que Malchaussé est arrivé avec une fourgonnette contenant une loge rétro, celle qu'on trouvait devant les cinémas pour vendre les billets. Octogonale, en bois verni, magnifique. Un cercle est découpé dans le panneau de verre pour pouvoir se parler. Le bois a perdu de son éclat et une des vitres est fêlée, mais elle a gardé toute sa classe. Et, surtout, de la fourgonnette est descendue Sissi, une grande blonde avec un sourire merveilleux et un décolleté vertigineux. La femme de Malchaussé. Magnifique. Malchau' posait sur elle un regard de vénération qui me rappelait quelque chose. Sauf qu'elle aussi le regardait et ils parlaient le même langage. Il allait au cinéma de son quartier toutes les semaines quand il a croisé le regard de cette nouvelle ouvreuse fraîchement débarquée de Pologne. Elle parlait parfaitement le français « avec, tu sais, cet accent slave délicieux » m'a confié Malchaussé. Il est tombé immédiatement amoureux et lui lançait de longs regards appuyés chaque fois qu'il achetait un ticket. D'après lui, on peut dire « Une place s'il vous plait mademoiselle » de façon extrêmement équivoque, voire carrément enflammée. Pourtant, si énamourés que soient ses regards, il n'osa pas l'aborder durant un an. Jusqu'au jour où, sortant de la séance sous une pluie battante, il la vit glacée dans ses escarpins, attendant une accalmie pour aller prendre son bus. Et il lui a offert de partager son parapluie. J'imaginais Malchaussé, du haut de son mètre vingt, proposer son parapluie à Sissi. Séparés par soixante centimètres, lui tenant à bout de bras son pépin salvateur et elle la tête dans les baleines, mais si ébaubis par l'amour naissant que c'en oubliait d'être ridicule. « L'amour, Virgule, ça vous grandit. » Venant de Malchaussé, ça prenait tout son sens.

Lanimal serra ma main et je détournai le regard pour ne pas voir sa question. « Et ta Lavandière, fils, tu attends quoi ? »

D'être un autre, j'imagine.

JOUR 22

« Enfin le grand jour ! La visite de l'expert tant attendue, tant redoutée. Tout le monde était à son poste. Un temps splendide, frais et ensoleillé. De ceux qui vous font croire que tout est possible. L'Impasse était comme neuve. En franchissant le porche, on passait sous le panneau de 'L'Impassible' (brillamment peint par mes soins) pour découvrir une impasse rajeunie. Les pommiers se pavanaient avec leurs guirlandes multicolores. Les maisons présentaient aux visiteurs de belles façades pimpantes aux enseignes léchées. Finies les vilaines masures noircies d'humidité ! La cour avait été savamment refaite. Finis les pavés échoués entre deux touffes d'herbes maigres comme de vieux bateaux au fond d'un port ! Moneypenny était à la caisse, Lazure aux fourneaux, Fidus engoncé dans son costume-nœud pap' − Je n'en fais pas trop au moins ? − Comode dans sa dentelle,

Lacadémicien épinglé de son badge d'inspecteur de l'Unesco et Malchaussé en taxidermiste. Bref, Carbone et Sansfil ont grossi les rangs des figurants. Il y avait les frères Siamois ainsi que Marcelle et Queuedepelle, qu'on a enrôlé en échange d'une bouteille de jus de bouillotte. À la condition qu'il soit sobre toute la journée. J'avais aussi invité quelques familles, pour faire plus vrai. Les Fourchaume étaient là avec leurs enfants et aussi les petits rouquins, les Castagnet, sans oublier Bathilde et Jeanne, nos deux petites Bretonnes de noir vêtues, posées sur un banc comme deux oiseaux curieux, une tasse de vin chaud entre les mains. Et moi dans le rôle du génial initiateur de cette association. L'inspecteur s'est présenté à l'heure avec deux sbires, visiblement mal à l'aise. Il a relu ses fiches. C'était une simple visite de contrôle d'un terrain vague promis à un brillant avenir de parkings et de HLM. Mais là, il n'était pas dans un terrain vague. Les ris de veau embaumaient l'air, les façades crânaient, l'alambic sifflotait, des enfants couraient à droite et à gauche, sortant des bicoques en croquant des pommes d'amour et en mâchouillant des bâtons de réglisse. Comode faisait une démonstration du point d'Alençon. On avait embauché le mendiant de la place Suchet et son orgue de Barbarie pour donner un air encore plus authentique à l'ensemble. Notre expert, au milieu de la cour, ne savait plus où donner de la tête. Le plus dur fut de rester sérieux. Surtout quand Lacadémicien, affublé d'une fausse moustache, s'est mis en tête de lui expliquer que la cabine était en passe d'être inscrite sur la liste du patrimoine culturel de l'UNESCO. Devant l'air sceptique de l'expert, Lacadémicien a sorti le grand jeu.

« Représenter un chef-d'œuvre du génie créateur humain. Apporter un témoignage unique sur une tradition culturelle. Offrir un exemple éminent d'un type de construction ! Être associé à des événements ayant une signification universelle exceptionnelle ! Si la cabine ne remplit pas ces conditions, alors quoi ? Quoi ? » Il en faisait trop évidemment, mais l'expert n'insista pas et se contenta de griffonner dans son carnet. Quand il se mit à interroger Tarbais sur la culture de la raiponce, j'ai su qu'on avait gagné. C'était dans la poche. Une fois l'expert parti, la fête a continué jusque tard dans la nuit.

« Je me suis amusé comme jamais. On a ri comme des gamins, ils ont bu votre gnôle et on a mangé la tourte au ris de veau au son de l'accordéon de Malchaussé et du violon de Lacadémicien. Bref a même fabriqué une sorte de contrebasse avec la grosse bassine en zinc, un balai et de la ficelle. Fidus l'a baptisée « la contrebassine ». C'était du jazz sous les pommiers ! »

Le regard de Lanimal s'accrochait au mien comme des serres. Il savait qu'il allait mourir. Et pourtant il me souriait, il était content. Pour moi, pour l'Impasse, que je ne sois pas seul. Le Faisant Fonction d'Interne a enfin fait fonction d'honnêteté.

« Votre ami il va mourir, c'est miracle qu'il soit encore en vie. » Celui-là, j'allais le dénoncer au ministère de la Santé, tellement il était bête. Avant de quitter l'hôpital, la Gentille m'a arrêté.

« Vous savez, s'il s'accroche c'est grâce à vous et à vos visites. Toute cette belle aventure que vous lui racontez, il faut continuer ! »

Elle avait raison, il fallait continuer.

JOUR 24

Tôt le lendemain de notre victoire, je me réveillai avec un Earl Grey léger, quand Bref vint frapper à la boutique, la mine chiffonnée.

« Réunion de complot. Tout le monde sur le pont. » Derrière lui suivait l'ensemble des membres de la Ligue des Défenseurs du Dérisoire, plus ou moins remis du raout de la veille. Même Carbone arriva en retard, essoufflé, sa machine sous le bras. Il s'installa dans le fond, ouvrit sa Populaire et attendit, concentré. En bâillant, Comode sortit ses aiguilles de son chignon et entreprit de monter les mailles d'un futur pull, écharpe, bonnet ou que sais-je. Elle écoutait mieux avec un ouvrage dans les mains, me dit-elle.

« Chers amis, commença Bref, chers membres de la Ligue des Défenseurs du Dérisoire, je vais aujourd'hui faire appel à toute votre ténacité et à votre courage. Malgré les apparences, nous n'avons pas encore gagné.

Je dirais même qu'on en est plutôt loin. » Stupéfaction des membres. Même Carbone interrompit sa frappe, offrant à l'annonce un silence dramatique.

« Avant de partir hier, j'ai entendu le commissaire-enquêteur dire à ses sbires qu'il allait réfuter l'acte de Droit d'Utilité Publique, mais que si le maire voulait cette parcelle, alors il l'aurait. Que le maire était le cousin germain du neveu de la tante par alliance du préfet, ce qui en faisait quasiment un frère, et qu'il suffirait au préfet de mettre son rapport à la poubelle et de passer outre son avis. » J'étais abasourdi : comment avait fait Bref pour faire la fête la veille en sachant ça ?

« On ne sacrifie jamais un instant de bonheur sur l'autel de la réalité, monsieur Virgule. Jamais. »

À l'annonce de ce nouveau rebondissement, Lanimal s'agita dans son silence, ses yeux jetaient des regards fous en tout sens. Furieux de ne pouvoir sortir de ce lit pour se battre lui aussi, de ne pouvoir lancer une bordée de jurons de son cru. Furieux de mourir, là, bêtement, sans revoir son Impasse retapée, sans avoir placé un scrabble sur deux cases mot compte triple, sans avoir empaillé un éléphant, et toutes ces choses qu'on pense avoir le temps de faire comme si on avait l'éternité. Il voulut arracher ses tubes, les machines sonnèrent, les sabots blancs accoururent, me demandant de sortir, et j'ai dit non, que je devais rester, qu'il avait besoin justement que je ne sorte pas. Alors qu'elles tentaient vainement de le calmer, je lançai :

« Vous ne voulez pas savoir ce qui s'est passé ? »

Son regard se raccrocha à moi, s'apaisa. Il m'écouta de nouveau.

Nous avons donc perdu une bataille, mais pas la guerre. Il nous reste un angle d'attaque. Bref ne voulait pas en arriver à une telle extrémité, « mais "l'ennemi" ne nous laisse pas le choix », a-t-il assuré. Il n'a pas voulu m'en dire plus pour ne pas m'impliquer davantage, mais son œil rigolait bien. On va trouver une solution, Lanimal, ne vous en faites pas. On n'a pas fait tout ça pour ça. Je reviens vite.

Je sortis de sa chambre au bord de la nausée. Je m'en voulais de lui avoir raconté ça. La Gentille me rassura : s'il se mettait en colère, c'est qu'il en avait encore l'énergie. « Vous avez bien fait de ne rien lui cacher. Je suis sûre que ça va s'arranger. J'ai bien envie de venir la voir votre Impasse. On irait bien un dimanche avec les enfants. Vous méritez d'être soutenus. »

J'ai attendu d'être sorti pour vomir sur le parking. Et j'ai ruiné mes chaussures en daim. Il a plu sur le chemin du retour. Des hallebardes. Pourtant j'ai préféré marcher dans la ville sans m'en soucier. J'ai nettoyé mes chaussures, comme ça. Je les ai noyées plutôt. Au niveau de la semelle se formaient des bulles à chaque pas. Fasciné je marchais encore et encore pour voir les bulles apparaître et entendre leur petit 'ffllschch' en éclatant. Comme dans l'usine de chewing gum dans

Les aventures de Rabbi Jacob. Il pleuvait si fort qu'on devinait juste la silhouette des pommiers dans l'Impasse. Je mis deux bonnes heures à me réchauffer, gros pull, bouillotte. Je dus rester au lit toute la journée du lendemain, brûlant. Délirant. La main de Lanimal sur mon front. Et Marcelle m'apportant un bol de bouillon. À moins que ce ne soit l'inverse ?

JOUR 25

Je ne vous cache pas que la Ligue était sous le choc. Cette mission était de grande envergure. Ils s'étaient tous investis sans imaginer une seconde que cela puisse échouer. Comme prévu, la DUP a été validée par le préfet. Nous avons reçu l'acte déclarant l'utilité publique de l'opération d'expropriation, par lettre recommandée. Les dominos recommençaient à tomber, le premier sur le deuxième, enclenchant la phase judiciaire consistant à transférer la propriété et à indemniser ls ayants-droit.

Mais Bref semblait confiant. Face aux regards moroses de la Ligue, il commença ainsi : « J'avais un poisson rouge dans un bocal. Une fois, je l'ai retrouvé sur la table, hoquetant d'asphyxie. Je le remis bien vite dans l'eau mais cela ne l'empêcha pas de récidiver. Je le sauvais toujours in extremis. Et puis, un matin, le bocal était vide. Rien sur la table, ni en-dessous. Nulle part. Et j'ai cherché partout, croyez-moi. Mon poisson avait DISPARU. Et vous savez ce que je me suis dit ? Que c'était la plus belle leçon de persévérance qu'on pouvait me donner. Il était libre, enfin. Il avait pris son envol en quelque sorte. Voilà. Bref. » Les membres de la Ligue, impressionnés par ce conte philosophique, hochaient pensivement la tête. J'imaginai pour ma part le pauvre poisson tout sec, parti mourir contre le mur derrière un pied de meuble en croyant atteindre la mer. Je ne suis pas sûr que le mot persévérance soit celui qui me venait alors à l'esprit. Et pourtant, se pourrait-il que la persévérance soit non pas dans les efforts de cet abruti de poisson à courir vers une mort certaine mais plutôt dans la faculté de Bref à y voir une pensée positive ? On ne sacrifie jamais un instant de bonheur sur l'autel de la réalité.

En attendant, la réalité nous rattrapait en la personne de monsieur le Maire, bien décidé à tout faire sauter. Bref ouvrit sa table à tapisser. Il avait agrafé un drapeau noir flanqué d'une tête de mort et un drapeau croix d'argent, symbole des pavillons de ports de guerre sous Louis XIV : fond bleu, sauf un quartier à fond rouge avec une hermine passante cravatée d'or. Corsaires malouins contre pirates. « C'était la guerre, expliqua Bref, et face aux pirates des temps modernes, nous devions être des corsaires. Se battre à armes égales. » Il avait donc prévu une dernière entourloupe. Le seul moyen de tout arrêter était d'user du référé-suspension en demandant un recours pour excès de pouvoir. Il fallait prouver que le maire avait versé un pot-de-vin au préfet en échange de la validation du projet. Et, s'il ne l'avait pas fait, il fallait le faire croire.

Fidus fit fonctionner son réseau d'experts « fiduciaires » à l'honnêteté douteuse mais à la discrétion certaine, et nous fournit une belle mallette de faux billets de 50 euros, dont il refusa de me donner l'origine « pour mon bien et celui de mes orteils », m'assura-t-il. Nous y ajoutâmes une lettre de la main du maire que nous n'avons même pas eu besoin de falsifier.

« Comme prévu, mon cher ami, voici les différents éléments qui vous permettront d'y voir plus clair. Je compte sur vous pour prendre la bonne décision concernant notre affaire. »

En réalité cette lettre, bel et bien adressée au préfet, concernait l'organisation d'une écœurante partie fine. Les *éléments* étaient des photos coquines de mineures des pays de l'Est et *l'affaire* n'était autre que la réservation d'une salle dans un hôtel chic où leur discrétion était à la hauteur de leur manque de scrupule.

Mauvais + avide + toxique + corrompu + vicieux

=

MALFAISANT

Nous tenions cet élément de Paulette, la fameuse cousine de Moneypenny. Je vous avais déjà dit qu'elle travaillait pour le préfet ? Celui-ci a en elle une confiance aveugle. Paulette a eu entre les mains tous les dossiers véreux du préfet sans jamais les dénoncer, lui et cette crapule de maire, parce qu'elle leur devait de vivre dans un petit pavillon au bord du canal avec son mari handicapé. Mais cette affaire a été celle de trop. Il faut préciser que son mari est serbe. On ne touche pas à la famille. Elle a donc obligeamment gardé ce dossier par-devers elle et c'est maintenant qu'il allait nous servir. Moneypenny a fait parvenir l'argent à Paulette qui l'a glissé dans le coffre-fort avec la lettre ainsi que quelques documents officiels sur de futures transactions immobilières, dont celle de l'Impasse. Pour brouiller les pistes, nous avons envoyé au maire une photo de l'hôtel en question avec ce message :

Bogzna. Mi isto.

On va vous écraser comme du Kajmak sur des pljeskavitsa

Potpisao : slovenskog naroda

Ce que Paulette nous a aimablement traduit par :

Dieu sait. Nous aussi.

On va vous écraser comme du Kiri sur des petits pains ronds

Signé : Les Slaves

C'est fou comme ça rend mieux en serbe, a remarqué Lacadémicien. Moneypenny a ajouté que les deux hommes ne parlaient pas forcément cette langue, mais cette judicieuse remarque fut noyée dans l'enthousiasme général et dans la bonne blague de Fidus : « Pourquoi le Slave est-il ton frère ? Parce que si slave, c'est qu'y s'nettoie, et si ce n'est toi, c'est donc ton frère ! Elle est bonne, hein ? Et complètement à propos ! Depuis le temps que je veux la faire ! »

On envoya la missive telle quelle.

Il ne restait plus qu'à faire découvrir le butin par les autorités compétentes, sous le prétexte du recours pour excès de pouvoir. Lorsque le préfet dut ouvrir son coffre-fort pour l'enquête, il fut bien incapable d'expliquer la présence de la mallette et s'étrangla à la lecture de la lettre qu'il reconnut sans être capable de s'en défendre. Il ne pouvait évidemment s'indigner : « Ah ! mais je vous demande bien pardon, monsieur le Juge ! Cette missive ne fait pas référence à une histoire de pot de vin, mais à l'organisation d'une amusante partouze avec des mineures de l'Est, dans une salle payée par le contribuable. » Évidemment pas. En tout cas, il ne douta pas un instant que ce coup monté était l'œuvre des Serbes mangeurs de fromage à tartiner. (Il avait quelques notions de slave.) Cette découverte mit en suspens tous les projets en cours et, bien entendu, celui de l'Impasse fut considéré comme nul et non avenu, comme nous l'expliqua la lettre officielle. Bref fit remarquer qu'ils allaient du même coup tomber pour trafic de faux billets, ce qui le fit bien rire.

Nous avions gagné ! Ce fut la liesse dans l'Impasse, je peux vous le dire. Lazure nous a cuisiné une tourte au canard, Moneypenny un crumble aux pommes pour changer, les musiciens ont ressorti leurs instruments, y compris la « contrebassine » et j'ai même invité Comode à danser ! Moi ! Sansfil a fait valser Sissi pendant que Carbone, sa machine sur les genoux, finissait de taper le dernier compte-rendu de la mission en bougonnant sur la conscience professionnelle qui se perd.

Les yeux humides de Lanimal fixaient le plafond mais je savais qu'il m'entendait. Ses lèvres esquissèrent un sourire. Son souffle, rauque, se faisait plus douloureux, plus difficile.

« Tout va rester comme on le voulait, mon ami. À l'identique. Rien ne changera jamais. Vous êtes fatigué ? Dormez, je ne bouge pas. »

J'ai pris sa main dans la mienne, main burinée sur drap grossier. Le silence s'installa entre nous, et nous y disions tant de choses ! Pudique, il a lancé son dernier regard par-dessus mon épaule, par la fenêtre derrière laquelle le printemps s'installait. Comme s'il pouvait voir l'Impasse au-delà des toits.

Inspiration. Expiration, longue, la dernière. Il était parti.

J'avais tort pour les hôpitaux. Auguste Bretodeau, alias Lanimal, a donné son dernier souffle dans les effluves d'aseptisants, certes, mais dans un calme absolu. Comme si le service entier, par délicatesse, avait retenu sa respiration. « Le fait de mourir, sous quelque angle qu'on l'envisage, est un acte de violence. » Et dans ce calme violent, j'ai pleuré sec, peu de larmes, des sanglots durs qui secouent la cage thoracique et compriment les intestins. Qui ne font pas de bien. Juste la tristesse qui griffe en sortant. Les infirmières ont pris le relais, la Gentille est venue me réconforter. « Votre ami était fier de vous, j'en suis sûr, tout ce que vous avez accompli », et patati et patata.Foutaises. Je l'ai senti. Le dernier souffle de Lanimal. Il a traversé la ville, s'est engouffré sous le porche, il a tourbillonné sur la place entre les pommiers et il a tout emporté avec lui, enseignes, guirlandes lumineuses, peintures neuves, tourtes au ris de veau, dentelles. Son souffle a vidé la scène de l'Impasse de ses derniers artifices pour la retrouver nue, comme elle avait toujours été, comme elle n'avait jamais cessé d'être.

« Pour changer les choses il suffit de les croire différentes », aurait dit James Barrie. C'est ce que nous avons fait. C'est ce que j'ai fait, jour après jour, écrivant le scénario de cet impossible sauvetage pour accompagner mon ami dans ses derniers jours.

'L'Impassible Impasse' n'avait existé que le temps d'une agonie.

Lanimal ne saura pas la cabine arrachée, ni ses animaux à la benne, ses arbres déracinés, nos maisons détruites par des mâchoires de métal. Il ne me saura pas seul, mis à la porte de notre Impasse. La vie n'est décidément pas un conte de fées.

Comment ça « Et après ? » Ça ne vous suffit pas ? Je vous sers une histoire triste à pleurer et vous restez l'œil sec à me demander la suite ! Un moment, que diable, c'est douloureux, tout ça, c'est ma vie, quand même ! Vous les jeunes, vous êtes impossibles. Une autre tasse de thé ?

VII

« Ils ne savaient pas que c'était impossible, alors ils
l'ont fait. »
Mark Twain

J'avais compris, dès le départ de Lanimal pour
l'hôpital, que notre Pays Imaginaire ne s'en relèverait
pas. Le personnage et son décor ne faisaient qu'un :
aussi vieux et fatigués, ils n'existaient qu'ensemble.
Lanimal n'aurait pas survécu à son verger, et vice-
versa. J'aurais parié que les pommiers n'auraient plus
donné un seul fruit. Peter Pan ne reviendrait pas, le
Garçon Perdu que j'étais devait se trouver une autre
histoire. Pendant que j'inventais les aventures de la
Ligue et les fabuleux travaux dans l'Impasse, je
m'efforçais de vider ma boutique avant la grande
démolition, inéluctable. À mesure que se rénovait dans
ma tête chaque musée, je fermais en réalité un carton
de livres. Une prétendue réunion de complot et je
démontais une étagère. Une factice soirée de jazz et je
décrochais mes pancartes.

Je vivais deux vies en une :le matin je vidais les lieux,
l'après-midi je le remplissais de personnages
improbables. D'un côté j'étais vaincu, de l'autre, je me
battais comme un lion. Pile, tu perds, face tu gagnes.

Je continuais à m'asseoir sous les pommiers, devant la table sur laquelle nous jouions au scrabble. Lanimal allait sortir de sa boutique en se frottant les mains à l'idée de me battre, comme cette fois où il parvint à placer YAWLS sur un mot compte triple avec Y sur une lettre compte double. 99 points dans la vue. Odieux. J'avais peint sur la table un plateau de jeu où les lettres formaient en se croisant : *Ici jouaient Lanimal et Virgule*. Je savais que ça allait arriver, qu'il faudrait tout quitter, recommencer ailleurs. Oui, je savais. Mais maintenant que Lanimal n'était vraiment plus là, pour toujours de toujours, je ne savais plus rien. Je ne savais plus comment fermer mes cartons, tout transporter dans le garde-meubles, chercher un autre endroit où vivre, d'autres personnes à qui s'attacher... avec qui communiquer, au moins. Quelques jours après l'enterrement, le magasin de Lanimal fut vidé par des bénévoles d'une association. Il faisait tellement bon que c'en était écœurant. Un pigeon vint se poser sur le C du Cabinet des Curiosités, en voilà un qui l'avait échappé belle. J'avais gardé de la boutique un bocal renfermant une forme indéfinissable ondulant dans un liquide saumâtre marqué 'Sirène des Galapagos', des albums photos et le chinchilla. J'avais fait don des animaux au musée de la ville. Le reste dormirait dans un garde-meuble. Un jeune homme s'approcha de moi en tendant un livre corné et poussiéreux trouvé au fond du tiroir de la table de chevet de mon ami. Un vieil exemplaire du *Petit Prince* de Saint-Exupéry. Le vieux bouquin s'ouvrit tout seul sur ce passage souligné au crayon de bois :

Ainsi le petit prince apprivoisa le renard. Et quand l'heure du départ fut proche :

- Ah! dit le renard... Je pleurerai.

- C'est ta faute, dit le petit prince, je ne te souhaitais point de mal, mais tu as voulu que je t'apprivoise...

- Bien sûr, dit le renard.

- Mais tu vas pleurer ! dit le petit prince.

- Bien sûr, dit le renard.

-Alors tu n'y gagnes rien !

-J'y gagne, dit le renard, à cause de la couleur du blé.

Il avait entouré la dernière phrase. Mon brave Lanimal qui ne lisait jamais une ligne ! Et j'avais essayé de lui faire ouvrir un livre, croyez-moi ! Il avait pourtant lu et relu celui-là, soulignant les passages aimés. Il y gagne, ce brave renard, à cause de la couleur du blé. Comme ça il va pouvoir pleurer à chaque fois qu'il verra un épi lui rappelant son copain. Beau programme. Pour ma part, je ne pourrai plus voir un jeton de Scrabble sans avoir le cœur serré mais je n'avais pas le sentiment d'y gagner quoique ce soit. J'avais plutôt l'impression d'avoir tout perdu.

Les bénévoles avaient fini. L'Impasse retrouvait son calme. Le soleil tombait. J'étais toujours assis, le derrière engourdi par le froid, sur cette chaise malcommode quand des bruits de pas me sortirent de ma torpeur. Un par un, je vis passer sous le porche et venir vers moi Marcelle et Queuedepelle, puis les frères Siamois. Une silhouette familière suivit ensuite, voûtée par le poids des mots et des pages : la chèvre ! Rejoint au pas de course par Max la Menace, BB, et Larose, et Jacquou. Mes auteurs ! Pourquoi tout ce monde ? Ces petits cachottiers « avaient appris mes déboires, ils s'inquiétaient pour moi et voulaient m'aider, expliqua Max. Parce qu'ils avaient besoin de moi, qu'ils appréciaient mon travail. Qu'ils m'aimaient bien, quoi. »

Elle était là, la Ligue des Défenseurs du Dérisoire, tous ces gens venus pour moi. Pour me sortir de l'Impasse malgré moi. À la lecture de l'avis de démolition, les auteurs avaient décidé de se réunir, pris le temps de se rencontrer. Le café de Marcelle avait servi de QG. Ensemble, ils avaient décidé de me louer une nouvelle boutique non loin de là, dans une rue piétonne avec un jardinet à l'arrière. Et un placard à balai. Ils avaient projeté de m'installer là-bas à l'identique, ou presque. Ils voulaient que tout soit comme avant. En moins de temps qu'il n'en faut pour le dire, ils vidèrent la boutique de ses cartons et travaillèrent d'arrache-pied pour remonter les étagères et installer mon comptoir. Marcelle fit venir des ouvriers habitués de son troquet : ils arrivèrent avec leur matériel, la nuit, pour déraciner trois pommiers, un de chaque espèce, pour les replanter dans le bout de jardin de la nouvelle boutique.

D'un claquement de doigts, je me retrouvai ailleurs, transporté comme mes cartons dans un nouveau lieu de vie. Bien sûr, c'était plus petit, mon astucieux système de poulies et de tableau magnétique devrait attendre, et mes pancartes étaient stockées dans le placard à balai. Mais je n'avais plus qu'à remettre les équamots dans les tiroirs : ils avaient astucieusement remonté mes chères étagères.

Ils étaient tellement contents. Les pauvres ! J'étais bien dans la même boutique, c'est sûr, ils avaient même pensé à accrocher ma pendule au même endroit, mais ce n'était qu'un décor. Il n'y avait même pas de nom sur la façade. Quand je regardais par la fenêtre je voyais la devanture d'un fromager. Des mobylettes passaient en pétaradant. Des gens, même, des gens, passaient devant la vitrine !

Les semaines suivantes furent bien sombres, je ne vous le cache pas.

Je dus reprendre le cours de ma vie. Ce fut une catastrophe. Je devins une coque de noix à la dérive. Sans plus aucune attache pour la maintenir au port et sans voile ni gouvernail pour tenter d'y revenir. J'étais ballotté, malmené par la réalité. J'étais le capitaine du *Titanic* à 2h05, le matin du 15 avril 1912 : plus rien d'autre à faire que s'asseoir et attendre que ça passe. La destruction de notre place eut droit à un article dans la Gazette pauvrement titré « Place à la modernité ». J'avoue que je m'en fichais. Je portais Solitude en écharpe sur mes épaules. J'étais assommé par l'absence de Lanimal. Le deuil de mon ami se mêlait à celui des membres de La Ligue des Défenseurs du Dérisoire. Après tout, j'avais trouvé ma place au sein de cette bande d'hurluberlus imaginaires. Je comptais pour eux et ils comptaient pour moi. Nous avions été une équipe, moi qui peinais à m'entendre avec moi-même.

Je n'écrivis plus un titre, ne cirai plus mes chaussures et laissai pousser une barbe que je découvris mitée. Je me sentis petit, vulnérable et me détestai pour ça. De n'être pas adaptable au monde, toujours en queue de train, subissant les assauts répétés de la vie sans jamais riposter. Je n'étais même pas capable de mettre fin à ma vie tellement j'étais poltron. Je le sais, j'avais essayé. Mes pas m'avaient conduit un matin jusqu'à l'Impasse où j'étais tombé sur les dents d'acier d'un bulldozer mâchant ce qui restait de la porte cochère. Et, derrière, les deux maisons n'étaient déjà plus que des ruines fumantes. Notre univers réduit à un tas de béton et de poussière. J'en avais mal dans tout le corps, comme si les coups de butoir me cassaient les os à mesure qu'éclataient les pierres. Ne devrais-je pas les rejoindre moi aussi ? Cesser enfin de faire l'équilibriste sur son fil ? Mes chaussures glissaient sur la terre molle tandis que je m'avançai vers les machoires voraces. Je n'avais qu'à me glisser en dessous et ce serait fini en un coup de crocs métalliques. Disparu le Virgule, en même temps que son impasse. Si chère impasse. Un gros type en jaune fluo m'intima l'ordre de quitter le chantier et j'obéis comme un gamin pris en faute. J'étais pathétique.

Un soir de bouillotte (dont le nombre de bouteilles baissait de façon inquiétante depuis la disparition de leur fabricant) j'entendis le violon de Lacad' : il était là, dans un coin de la boutique avec ses cheveux gominés, et Comode tout sourire avec son tricot, et Moneypenny portant une tarte, et Fidus. Bref aurait su quoi faire. Il aurait sorti sa planche tapissée de nouveaux documents, comme un plan d'évasion, pour quitter cet endroit en creusant un tunnel avec ses petites cuillères à l'unité. Dans la brume de l'alcool je leur souris et me mis à chantonner Ferrat comme Sansfil, comme un pauvre fou.

« Celui qui vient à disparaître

Pourquoi l'a-t-on quitté des yeux

On fait un signe à la fenêtre

Sans savoir que c'est un adieu

Chacun de nous a son histoire

Et dans notre cœur à l'affût

Le va-et-vient de la mémoire

Ouvre et déchire ce qu'il fut.

Nul ne guérit de son enfance... de son enfance... »

« Sortez », murmurai-je aux membres de la Ligue, qui s'exécutèrent sans claquer la porte. Le violon s'était tu.

Bref, vous le voyez, la situation était désastreuse. Et pathétique. Mais pas irréversible.

J'avais changé de quartier, mais pas d'habitudes. Je me glissai donc toujours vers 7h15, un peu moins incognito certes mais discrètement quand même, jusqu'au bistrot de Marcelle. Depuis la chute de l'Impasse, Marcelle m'avait pris sous son aile. Elle me gardait le croissant le plus frais, me faisait des cappuccinos crémeux sous le prétexte qu'il fallait que je me remplume et frappait Queuedepelle avec son torchon quand celui-ci faisait des allusions douteuses sur les dérives de l'alcool dans le milieu de la taxidermie. Ce matin-là, des signes de changement auraient dû me mettre la puce à l'oreille. Ma Lavandière se fit attendre. Elle ne passa même pas du tout. A la place, j'aperçus Tchang, un étudiant asiatique qui la remplaçait parfois. Un garçon souriant, au pas dynamique, qui traversa la rue sans regarder parce qu'il était en retard et que des gens attendaient déjà devant le lavomatic. Si bien qu'il manqua de percuter mon rempailleur, qui fit une embardée mettant en péril son chargement. Il dut s'arrêter juste devant le bistrot pour remettre tout d'aplomb en jurant des « putain de bordel à queue » qui détonnaient avec le fauteuil Régence qu'il transportait. Il se passa alors un événement plus extraordinaire encore. Une sonnerie bourdonnante envahit la salle du bistrot de Marcelle. Le téléphone SONNAIT. Marcelle cessa d'essuyer ses verres, décrocha dans l'arrière-boutique et − de plus en plus insolite − revint ahurie pour me dire que c'était pour moi. Une dame qui voulait me parler. C'était l'hôpital. La Gentille infirmière. Je n'avais pas récupéré le baluchon d'affaires de... (elle hésita) Auguste Bretodeau dont vous étiez le référent si je ne m'abuse. Non, elle ne s'abusait pas, j'étais bien le référent de Lanimal mais je n'avais aucune envie de retourner à l'hôpital, elle n'avait qu'à tout donner à une association. Très bien, mais que faisait-elle de la lettre ? La lettre ? Oui, celle à mon intention bien rangée dans la poche intérieure de son veston ? Soupir. « Très bien, vous avez gagné, je passerai la prendre à l'accueil cet après-midi. »

« Mon cher Virgule. Je me suis contenté de veiller sur toi sans jamais tenter de t'influencer ou de diriger ta vie. J'ai eu le temps de t'observer et, malheureusement, j'ai pu m'apercevoir que tu me ressembles sur bien des points. Ça ne concerne ni les chaussures cirées, ni la propreté, ni le goût des mots comme tu as pu t'en apercevoir. Ça concerne une stupide incapacité à s'ouvrir au monde. Maintenant que je suis mort, ma parole vaut de l'or, aussi je suis sûr que tu feras ce que je te dis. Ne finis pas comme moi. Dézingue Solitude et fais-en une descente de lit, elle ne mérite même pas qu'on l'empaille. Saute sur la Lavandière avant qu'un autre ne le fasse. Rapproche-toi de l'association VMEH qui s'occupe de visiter les malades, tu y trouveras là-bas bien des réponses. Ne laisse pas mon chinchilla prendre la poussière. Et vis, bordel. »

Dans l'enveloppe se trouvait également son carnet noir où nous notions nos scores de Scrabble et un porte-clés siglé VMEH.

Debout au milieu du hall de l'hôpital je rangeai le tout en souriant, l'œil humide quand même. Quel vieux fou. Quel ami. En me dirigeant vers la sortie, ma route fut coupée par un flot de dames aux cheveux blanc-bleu arborant un badge vert pomme, qui sortaient de l'ascenseur en piaillant comme des écolières. Sur leur badge brillait un logo, version stylisée d'une silhouette au chevet d'une autre. Le même que sur le porte-clés légué par Lanimal. L'ascenseur resta béant devant moi, vide. Une affiche portant le même logo avait été accrochée dans la cabine. Elle nous invitait à donner de notre temps. « Aidez-nous à aider les autres.» Les portes allaient se refermer, je m'engouffrai. L'affiche était celle de la VMEH, l'association nationale de Visite des Malades en établissements Hospitaliers. Lanimal voulait-il que je fasse comme ces retraitées, visiter les gens malades ? Était-ce une façon de me dire

« Il y a plus malheureux que toi, fils, alors remue-toi. » ? Je voulus appuyer sur le bouton pour rouvrir les portes, au lieu de ça, j'ai appuyé sur le bouton du 1er étage. Gériatrie. « Service des baveux », comme disait Lanimal. « Ils m'ont mis du côté des baveux, c'est pas bon signe », s'était-il inquiété lors de son transfert.

Je m'élevai donc vers les « baveux » de mon plein gré, sans que je puisse m'expliquer pourquoi. Pour la première fois depuis des jours je sortais de ma torpeur, j'agissais. Rien ne m'obligeait à monter. Une fois hors de l'ascenseur, en vieil habitué, je me dirigeai vers le fameux couloir tant détesté et m'arrêtai devant la porte de Lanimal. Je faillis entrer, me retins à temps. Où avais-je la tête ? Je n'avais rien à faire là, personne ne m'attendait. Je me sentis tout bête au milieu de ce couloir, je craignais qu'une infirmière ne me surprenne et ne me chasse. J'allais repartir mais Lucette se mit à crier. Au lieu d'accélérer le pas et de m'enfuir à toutes jambes, j'entrai dans sa chambre. Ses hurlements étaient vraiment désagréables, je m'empressai de lui changer sa station de radio comme j'avais vu l'infirmière le faire. Les hurlements cessèrent aussitôt. Lucette me fixait de ses yeux délavés en mâchouillant furieusement son doigt. Ce qui était un spectacle répugnant. Soudain elle ôta son doigt de sa bouche et le tendit baveusement vers la boîte de crayons de couleur posée sur la table. Je la lui avançais. Elle m'offrit alors un grand sourire édenté qui m'aurait touché s'il ne m'avait pas fait peur. Elle ouvrit et referma le couvercle plusieurs fois, caressa les crayons, fouilla sous ses couvertures, en sortit un cahier de pages blanches qu'elle se mit à griffonner de couleurs. Je quittai sa chambre à reculons et laissai la porte entrouverte comme je l'avais trouvée. Je ressentis alors une curieuse impression. Je me suis senti... bien. Enhardi par le succès de l'expérience, j'entrai dans la chambre de Pierre qu'il partageait avec Roger, parti comme à son habitude chercher son infirmière. Je m'assis près de Pierre pour discuter un peu, ce qui est un paradoxe. Ce que Pierre racontait était quasiment incompréhensible, mais cela ne semblait pas le gêner le moins du monde et il était très bavard. Je compris qu'il était content d'avoir de la visite et qu'il avait été « i-a-ist » dans une vie lointaine (comprenez pianiste). Ses doigts burinés tapotaient sur les bras du fauteuil tandis qu'il chantonnait −massacrait− les premiers accords de *La Lettre à Élise*. Je notai mentalement pour les prochaines visites, de m'installer un peu plus loin de lui si je ne voulais pas perdre complètement l'audition. Bien que difficilement compréhensible, son charabia devait s'entendre à l'autre bout de l'hôpital tant il parlait fort. En sortant j'étais content de moi. J'avais donné de mon temps, pas loin d'une demi-heure, à deux vieux à la limite du langage articulé. Je m'ouvrais au monde, voilà. Alors que je savourais cette impression nouvelle de satisfaction, la Gentille m'aperçut et, bien que surprise, me fit bon accueil : « Vous êtes monté, comme c'est gentil ! » Mais si je voulais passer régulièrement, elle me conseilla cependant de me rapprocher du responsable des bénévoles de VMEH. Il suffisait de suivre une petite formation pour pouvoir ensuite accorder du temps aux malades. Rencontrer d'autres bénévoles, participer aux séances de loto ou d'arts plastiques, à moins que je ne préfère les cours de cuisine ou me déguiser en Père Noël au moment des fêtes ? Je souris, poli. Quelle horreur ! Une formation pour apprendre à mettre des numéros sur des cartes de bingo, ou me balader dans le service avec une fausse barbe, très peu pour moi. Je n'avais besoin de personne pour m'expliquer comment discuter avec les baveux. Et je n'avais pas l'intention de visiter tout l'hôpital non plus. Je compris pourtant que si je voulais revenir, je devais passer par le circuit officiel. Je descendis à l'accueil où une gamine trop maquillée m'indiqua le bureau de l'association. La porte était ouverte, la pièce vide. Je n'entrai pas mais mon regard tomba sur une boîte remplie de badges. Elle était là, la solution ! Il me suffisait d'avoir un badge. Fidus m'aurait arrangé ça en deux temps trois mouvements. J'allais devoir me débrouiller tout seul. Personne aux alentours, deux pas à faire, un geste et le badge était dans ma poche. Le cœur battant, je quittai promptement l'hôpital. J'étais très excité. Je venais de voler quelque chose. Une fois hors de vue des bâtiments de gériatrie, je sortis le précieux sésame. Au nom de Ginette Matthieu. Zut. Quel imbécile !

Je n'avais pas la dextérité de faussaire de Fidus mais j'avais un bon coup de pinceau. Je m'empressai de ressortir mon matériel et j'effaçai Ginette Matthieu pour y inscrire Paul Sirenne.

C'est l'anagramme d'Arsène Lupin, vous saviez ? Non ? Il faut lire, mon grand, si vous voulez faire ce métier. Lire les Grands de la littérature, sinon comment voulez-vous créer quoique ce soit?

Bref. Un nom choisi à dessein car j'étais prêt à devenir... 'Le gentleman imposteur'. Ou 'Le visiteur masqué'. Ou 'L'imposteur bénévole'. Non, 'Le clandestin des palliatifs'. À la fois sombre et tragique. J'avancerais incognito dans les couloirs et je rendrais visite aux gens, faisant le bien autour de moi en toute impunité sans avoir effectué une minute de cette fichue formation. C'est ce que Lanimal attendait de moi et je lui sus gré de cet objectif qu'il m'offrait.

Je sais ce que vous vous dites. Il est timbré. Il continue à vivre dans son monde loufoque. Ce n'est pas sain. Et alors ? vous répondrai-je. La vie est une corde tendue au-dessus du vide. L'important est de ne pas tomber, quelle que soit la méthode. Vous voyez bien que j'étais très mal et qu'il fallait trouver un moyen de me raccrocher à la vie. Et puis les leçons ne servent généralement qu'à ceux qui les donnent. Alors contentez-vous de m'écouter et arrêtez de me jeter des regards moqueurs que je lis parfaitement.

Ainsi affublé de mon badge, je revins donc hanter les couloirs du service. J'agis les premiers temps avec prudence. Je me cantonnai à visiter Pierre et Lucette. J'en appris plus sur leur histoire, la raison de leur présence ici : Pierre, quatre-vingt-dix ans, avait eu un cancer de la gorge qui lui mangeait les consonnes. Ma parfaite connaissance du regard ne m'étant d'aucun secours, je lui offris une ardoise Velleda et tout un tas de feutres pour qu'il y écrive les mots les plus compliqués. « Ne le prenez pas mal, Pierre, mais votre diction laisse un peu à désirer », ai-je fini par lui avouer. Il sembla surpris mais trouva l'idée de l'ardoise astucieuse. Ce qui ne l'empêcha pas de continuer à me raconter sa vie sans consonnes, et moi, de hocher gentiment la tête en souriant.

L'alcool avait causé des dommages irréversibles au cerveau de Lucette, soixante-quinze ans. Je lisais dans ses yeux délavés qu'elle n'était pas toujours vraiment avec moi. Sa lueur allait et venait. Il était amusant de voir combien son humeur pouvait évoluer selon la radio qu'elle écoutait. Je changeais les stations et elle passait du rire aux larmes. J'ai même réussi à l'endormir avec une station dont je ne citerai pas le nom. Je doutai qu'on apprenne ça durant la formation des visiteurs bénévoles et c'était évidemment une conduite peu déontologique, mais c'était très drôle. Elle parlait avec toutes les consonnes et les voyelles et, si son discours était plus audible que celui de Pierre, il n'était pas toujours cohérent. Je me contentais donc de hocher la tête d'un air compatissant quand elle affirmait que les choux étaient empoisonnés par la voisine et que c'était ce qui avait tué son chat. Elle parlait rarement, heureusement. Je jurai d'arrêter pour toujours la consommation de bouillotte.

Quand je vis que mes visites aux chambres 114 et 115 se passaient sans anicroche, je décidai d'étendre le cercle de mes agissements. Je commençai à m'arrêter dans les autres chambres : « Bonjour vous allez bien ? Je peux vous aider ? » servant un verre d'eau, rapprochant une paire de lunettes hors d'atteinte, rajoutant un oreiller, ajustant une couverture sur les genoux refroidis d'un patient endormi dans son fauteuil. Bien que protégé par mon badge, je prenais garde de ne pas croiser de personnel soignant de trop près. Regardant à droite et à gauche chaque fois que je quittais une chambre avant de me glisser dans une autre. Je m'amusais beaucoup, il faut l'avouer.

Mes nombreuses visites à Lanimal m'avaient permis de comprendre comment se répartissait l'étage dédié à la gériatrie. L'ascenseur permettait d'accéder à deux types de services. À gauche : longs séjours, à droite : moyens séjours et palliatif, celui de Lanimal. Par chance, le poste de soin des infirmières était plutôt du côté gauche, ce qui m'évitait de passer devant chaque fois que j'entrais ou sortais. Le service des moyens formait un carré que je pouvais choisir de prendre dans un sens ou dans l'autre selon la chambre où je voulais me rendre. L'îlot central contenait douches, sanitaires et réserve. Autant vous dire que je connaissais le « Carré » en long et en large. Toutes les chambres pouvaient accueillir deux patients, excepté celles de soins palliatifs.

À la 104, Germaine cherchait son voleur de sac; à la 105, Georges, complètement sourd, vous racontait en hurlant ce qu'il voulait qu'on lui serve pour le déjeuner. Il demandait systématiquement des rognons au porto et aux échalotes qui n'étaient bien entendu pas au menu de l'hôpital. Honoré et Michel partageaient la 107 : Honoré, soixante-quinze ans, avait fait un petit AVC qui avait eu pour conséquence de le rendre héminégligent. Un trouble qui engendre un problème d'attention, une difficulté à détecter des stimulations et un déficit moteur et sensitif du même côté. Le patient se concentre trop sur son côté sain et « délaisse» son côté malade, qui est souvent le gauche. C'est ainsi qu'Honoré oubliait sa jambe gauche quand il se levait ou ne mangeait que la moitié droite de son assiette. « Je ne fais pas de politique mais je suis un type de droite ! » avait-il conclu en riant. Il ne fallait pas lui parler quand il faisait quelque chose, car la parole active le cerveau gauche, qui entraîne l'attention vers la droite et donc augmente l'héminégligence. Mais il paraît qu'il faut les stimuler en sollicitant plutôt le côté malade. Je me mis en peine de l'initier au Scrabble, en plaçant mes lettres essentiellement de son côté gauche. Voyant le plateau vide côté droit, il me demandait systématiquement : «Bon alors, vous jouez ? » Il faisait essentiellement des mots de trois lettres, oubliant la moitié de son jeu. J'avoue que j'en sortais avec un léger mal de tête mais il semblait ravi de cette nouvelle activité et insistait pour que nos maigres scores soient notés, ce que je fis dans le carnet noir de Lanimal.

Son voisin de chambre, Michel, souffrait de la maladie de Parkinson. Affection dégénérative chronique qui touche une structure de quelques millimètres située à la base du cerveau. « Quelques millimètres, monsieur Virgule ! (Je leur avais donné mon véritable surnom.) Quelques millimètres sur toute la surface de mon cerveau, et il a fallu que la maladie s'y colle, cette peste ! » Sa femme Brigitte était elle aussi hospitalisée dans le même service : elle se remettait des suites d'une opération pour un cancer du pancréas. C'était la raison de la présence de Michel qui ne pouvait rester seul chez lui. Tous les jours ils se retrouvaient dans la salle à manger, elle accrochée à ses perfs et lui accroché à elle. Les voir ensemble m'avait curieusement rappelé mes parents. D'ailleurs, tout ce service m'obligeait à penser à eux. Auraient-ils pu devenir comme eux ? Vieux, usés mais heureux parce que ensemble ? En auraient-ils été capables ? Peut-être aurais-je pu les aider à l'être plus, heureux. Peut-être ne l'avaient-ils pas été à cause de moi. Je voyais bien ceux qui avaient la visite de leurs enfants et ceux qui étaient toujours seuls. Comme les uns s'illuminaient et comme les autres restaient sombres. Personne ne venait voir Georgette, d'où le résultat.

« La vieillesse vous range dans deux catégories : les

"délavés" et les "concentrés" » m'a dit un jour Kevin, un agent de bio-nettoyage, philosophe à ses heures perdues. « Les délavés, y sont tout sucre, tout miel, la vieillesse les rend sympas. Leurs défauts sont aussi délavés que leurs mirettes, et ça fait ressortir les couleurs de leurs bons côtés. Des gens pas sympathiques du tout à trente ans, sont de vraies crèmes à soixante-quinze. Inversement, les concentrés, c'est les vieux acides, méchants, même. Ils ne supportent pas leur état et le font payer à tout le monde. À mesure qu'ils sèchent comme de vieux pruneaux, ils concentrent leurs défauts pour devenir vachement désagréables. Y a pas de juste milieu. Délavés ou concentrés. Croyez-moi, j'en ai nettoyé des sols, je sais de quoi je parle. Excusez-moi, je dois passer à la 110, y a eu un p'tit accident de pistolet. »

Mes parents auraient été des délavés. Jeunes, ils l'étaient déjà un peu. Toujours en demi-teinte, jamais pleinement quelque chose. Tièdes. Mais ils auraient été de bons vieux, j'en étais certain. Je serais peut-être revenu un jour, ils auraient ouvert leurs bras de vieux délavés et nous aurions parlé, enfin. Mais ça n'arriverait plus maintenant, à quoi bon revenir sur tout ça ? Je n'aimais pas le fil de mes pensées. Depuis que je traînais dans ce service, elles prenaient des libertés, me forçant à me souvenir d'événements sur lesquels je refusais de m'arrêter. Je fuyais du cervelet, incapable de colmater la fuite. J'avais mis si longtemps à barricader mon esprit à ses idées noires, voilà qu'elles tentaient de s'insinuer.

La première fois que j'étais allé visiter Lanimal dans la 112, une affiche au mur assénait : « Vous avez le droit de ne pas souffrir.» et cette phrase m'avait troublé. J'avais le droit de ne pas souffrir. Ça me faisait une belle jambe. Où faisait-on valoir ce droit ? Y avait-il un bureau des réclamations pour toutes ces choses qu'on a le droit de faire sans y parvenir ? « Bonjour madame je viens pour réclamer mon droit à ne pas souffrir... »

- Oui bien sûr c'est le formulaire "Droit d'être heureux avec l'option non-souffrance". Remplissez le formulaire et prenez un ticket vous n'êtes que le dix milliardième ce matin. Ça devrait aller vite. »

Droit de regard, droit de réponse, droit de vote, droit de passage, droit à la parole, droit à la différence, droit du plus fort. « État de droit en piètre état par endroits ». (Une commande pour un traité de philosophie.)

« Vous avez le droit de ne pas souffrir ». Ne pas souffrir n'est pas un droit, c'est une chance. Parce que souffrir fait partie de notre humanité. L'homme souffre, tente d'y remédier et se réjouit quand il y parvient. La souffrance peut parfois nous définir. Regardez-moi, qu'étais-je sans la souffrance ? Plus rien. Je n'étais que ça. Je souffrais de solitude, d'inaptitude à la vie, à l'amour, de dépression certainement. Je ne pouvais pas « souffrir » le reste de l'humanité, c'est vous dire !

En dessous de « Vous avez le droit de ne pas souffrir » quelqu'un avait griffonné « et le gauche ? », alors ils l'ont enlevé. Je vous jure que je n'y étais pour rien, mais je soupçonne Honoré.

Le voisin de Georges, dans la 105, c'était Ange. Il se baladait en fauteuil roulant en le faisant avancer avec ses pieds. Il se promenait ainsi dans le service avec une grande dextérité. Casquette vissée sur la tête, il racontait à qui voulait l'entendre ses souvenirs de la guerre et les bals endiablés avec les petites infirmières anglaises.

La voisine de Lucette à la 115 s'appelait Simone. Agressée à son domicile, elle souffrait de troubles post traumatiques et me regardait avec méfiance du fond de son fauteuil. Sa lueur était terrorisée. Les infirmières, fines, avaient trouvé un bon moyen de la calmer. Chaque jour, on lui apportait un grand sac de serviettes-éponges de l'établissement, que Simone se faisait un devoir de plier et d'empiler à la perfection.Ce qui lui prenait une bonne partie de la journée. Seulement dans ces moments-là, sa lueur s'apaisait et elle acceptait même de me dire bonjour.

Entre deux visites à l'hôpital je m'étais remis à travailler, ce qui était bon signe. Les auteurs, soulagés de me voir sortir la tête hors de l'eau, recommençaient à faire tinter la clochette de la porte d'entrée pour me confier leur manuscrit ainsi que leurs doutes, craintes et autres états d'âme propres aux auteurs. La chute de l'Impasse et le déménagement avaient en quelque sorte brisé la ligne de relation courtoise qui nous séparait jusqu'alors. Ils me considéraient, me semblait-il, comme un *ami*. Je n'en étais pas sûr (j'avais peu d'expérience en matière d'amitié) mais je notais qu'en plus de me parler d'eux ils me demandaient, *à moi*, comment j'allais. J'étais bien en peine de leur répondre. J'aurais voulu dire « je grandis » mais ils n'auraient pas compris. Et je rechignais à leur parler de mes visites à l'hôpital. C'était trop chouette pour être partagé. Alors je me contentais de répondre que tout allait bien. C'était sans doute ce qu'ils voulaient entendre, de toute façon.

Les après-midis passées avec mes « Potagers » comme je les avais baptisés, emplissaient mon quotidien comme j'emplissais un peu le leur. Avec eux j'oubliais qui j'étais pour me concentrer sur ce qu'ils étaient, eux. Ils avaient créé une sorte de tripot clandestin dans la chambre de Pierre : tous les mardis et jeudis après-midi, ils se réunissaient pour jouer au poker. Germaine et Georges étaient de la partie, même si Pierre se méfiait de ce dernier car sa surdité le rendait peu discret. Mais c'était lui qui avait la mallette à jetons. Germaine était un peu agressive mais bluffait comme personne. Et elle distribuait les cartes plus vite que son ombre. Leurs parties valaient leur pesant d'or. Il fallait rappeler à Honoré que j'étais à sa gauche, sinon il sautait mon tour. Lui rappeler aussi qu'il avait cinq cartes dans les mains, mais pas trop souvent, sinon il se déconcentrait, ce qui le mettait au désespoir. Éviter de regarder le jeu de Michel qu'il avait du mal à garder en main, à cause de ses tremblements. Comprendre les annonces sans consonnes de Pierre. Et comprendre le jeu tout court que je n'avais jamais pratiqué. Germaine gardait constamment un œil sur ses affaires en me rappelant toutes les vingt minutes de ne pas s'aviser de toucher à son sac, espèce de mal élevé.

Simone, à la porte, surveillait les allées et venues des infirmières tout en pliant ses serviettes. Si l'une d'entre elles s'avisait de s'approcher de la chambre, elle actionnait la télécommande pour changer la station de la radio de Lucette, installée deux chambres plus loin, déclenchant ses cris et une parfaite diversion. Je pense que les infirmières n'étaient pas dupes et qu'elles fermaient les yeux sur cette activité certes malvenue dans un tel établissement mais qui occupait mes « Potagers ». Je doute cependant qu'elles aient su que Lucette servait malgré elle de système d'alarme.

Quel chemin parcouru depuis mes premiers pas dans ce service !

Il y a quelques semaines, je craignais le moindre contact, même visuel, et maintenant regardez-moi ! Comme cul et chemise ! J'étais fasciné de les regarder vivre, moi qui végétais. Ils étaient fragiles, tous en panne, réparables ou non, mais vifs, encore. Chacun sur son fil au-dessus du vide. J'étais plus grabataire qu'eux finalement. Dans leur « Club des Éclopés », j'étais le doyen : jeune, en bonne santé et peinant pourtant à trouver un sens à ma vie. Eux, vieux et souffrants, et parvenant pourtant à mettre un pied devant l'autre chaque matin. Même Honoré, qui oubliait le sien à chaque pas, était plus énergique que moi. Alors? C'était quoi leur secret ? Michel et Honoré m'ont donné la même réponse : « On fait avec. » Avec ce qui ne va pas, avec une main qui tremble et un pied qui traîne. Avec la peur du noir, la peur tout court. Avec la douleur physique, psychique. « On fait avec. »

« Et on pense à aut'chose » a ajouté Germaine

« OUI, a hurlé Georges, COMME A UNE BONNE PARTIE DE POKER ! ON MISE OU ON PREND LE THÉ? »

Se concentrer sur les bons moments pour alléger le fardeau et continuer à avancer. Et tout le corps médical était là pour les aider. J'ai assisté à la séance de rééducation de Maria, quatre-vingt-cinq ans. Objectif : une fois debout, lui apprendre à faire un demi-tour pour s'asseoir sur son fauteuil roulant. Vous auriez vu le calme, la patience pour faire les trois pas nécessaires à la manœuvre : « Encore un petit effort, madame Miguel, bravo vous y êtes ! » On faisait tout pour les soulager, adapter leur alimentation à leur pathologie, calmer leurs appréhensions, leur rendre leur

147

autonomie. Une armée de spécialistes se penchaient sur leur cas, faisaient des réunions pour discuter de chaque patient, tentaient des solutions et quand ce n'étaient pas les bonnes, en cherchait d'autres, inlassablement, sans se démonter. Ils les encourageaient aux moindres progrès, écoutaient leur peur, rassuraient, apaisaient. Tous n'avaient qu'une idée : leur rendre la vie plus facile. Les professionnels de santé n'étaient plus pour moi un troupeau de blouses blanches. Je compris le rôle de chacun, bien précis, si précieux. Ils mettaient leurs compétences, leur intelligence, leur énergie en commun, pour ces hommes et ces femmes malades, décrépits même, cloués sur un lit, parfois muets, souvent sourds.

Ils formaient la LDE : la Ligue des Défenseurs de l'Essentiel. Oui, chaque médecin, infirmière, aide-soignante, kinésithérapeute, orthophoniste ou psychiatre qui cherchait à rendre la vie plus douce à mes « Potagers », faisait partie de cette ligue. Parce que l'Essentiel, c'est qu'ils le restent, justement, essentiels. Pas seulement aux yeux de leur famille, pour ceux qui avaient la chance d'en avoir une, non ! Essentiel tout court. Au même titre qu'un enfant, qu'un ado, qu'un adulte. Une vie, précieuse parce qu'elle est, même sans dents, même incontinente, même criant « rendez-moi mon sac espèce de mal poli », même pour quelques mois, quelques heures.

En tout cas, mes 'potagers' étaient essentiels à mon humanité. J'en pris conscience au fur et à mesure des semaines passées au chevet de Lanimal, puis durant mes visites. Ils ont révélé ma part belle, celle qui consiste à s'occuper des autres pour moins s'occuper de soi et réaliser que le fardeau s'allège, curieusement. Voilà la direction que Lanimal m'indiquait dans sa lettre j'imagine, celle de mon humanité.

Après quinze jours de visites quotidiennes aux « Potagers », Solitude était devenue chaton. Elle tenait au creux de ma main. Et je me plaisais à imaginer une vie de titres brillants et d'heures édifiantes au chevet des vieux. Une vie de mot compte triple que j'aurais le courage de dire à ma Lavandière. Dés son retour, c'est sûr, je traverserais la rue, j'entrerais dans sa boutique et je lui avouerais mon amour, elle m'avouerait le sien et, qui sait, peut-être finirais-je par être heureux?

Mais le Destin gardait un dernier domino en poche, qu'il fit tomber lourdement au milieu de l'hôpital.

Je n'y venais jamais le samedi. Trop de familles et de visiteurs arpentaient les couloirs. Mais ce samedi était particulier. Michel et Brigitte partaient vivre chez leur fils. J'avais promis de venir leur dire au revoir. C'est en quittant le service que cela se passa. Quelqu'un m'appela par mon prénom. L'ancien, enfin le vrai. « Virgile ? C'est bien toi ? » Je me raidis, me retournai lentement et me trouvai nez à nez avec...Bref. En chair et en os, je veux dire. Même tignasse, même voix. Le personnage sorti de mon imagination surgissait devant moi. « Tu me remets, fiston ? » Sa voix grave, rayée de tabac, fut un électrochoc. Soudain je sus. Je me souvins. L'homme qui se tenait là était Tonton Ernest. Ernest Chambon. L'homme au cahier rouge et stylo assorti. Le vieil ami de mon père, propriétaire de la quincaillerie. Bref n'était pas une invention, c'était un souvenir. Si profondément enfoui que j'avais cru l'imaginer. J'étais tétanisé, mais lui, visiblement heureux de me retrouver, me prit dans ses bras sans plus de manières.

Ernest était visiteur à la VMEH. Il venait voir Lanimal dans sa chambre régulièrement, avait vite fait le lien avec moi −Il n'y a pas beaucoup de Virgile dans le coin − avait voulu me revoir. Mais Lanimal avait refusé. « Trop tôt », avait-il dit.

« Alors, comment va la vie, garçon ?

- Elle va...nulle part, la vie. Je n'ai pas d'ami, pas de famille, je fais un métier qui ne tolère que la solitude. Je suis visiteur clandestin dans cet hôpital − d'ailleurs j'ai volé le badge de cette pauvre Ginette Matthieu − et j'ai hérité d'un chinchilla empaillé qui me fout les jetons. Je suis un pauvre type. » Voilà ce que je voulais dire.

« Ça va bien. » Voilà ce que j'ai dit.

Ernest me dévisagea longuement, incrédule. Il me proposa d'aller boire un verre, m'entraîna hors des murs de l'hôpital, me fit asseoir devant un demi avec faux-col auquel je ne touchai pas et se mit à parler. Je laissai mes souvenirs suinter de la brèche qu'avait créée cette rencontre. Une brèche dans ma carapace pourtant solide. Les après-midi à fouiner dans son arrière-boutique, mon carnet rouge, les heures passées dans l'atelier de mon père à bricoler ensemble, leurs parties de pétanque jusqu'à la nuit dans la cour de notre maison, leurs discussions à voix basse jusqu'à l'aube. L'ami, le frère. Je l'avais enfermé lui aussi, avec le reste. « Bref, conclut Ernest, il faudrait penser au ravalement. Tu pourrais peut-être la louer ? Ce serait bien d'envisager de la vider un peu... » Les derniers mots parvinrent jusqu'à moi.

« Vider quoi ?

- La maison de tes parents, Virgile. Ta maison. Il y a des choses... »

Je l'ai interrompu, poliment, merci mais aucune envie de m'occuper de ça, je ne voulais pas savoir. Je fis mine de me lever, mais il m'attrapa le bras par-dessus la table, manquant de renverser le demi intact, et accrocha mon regard. « Il va pourtant bien falloir, garçon. Il va falloir. » Je quittai la brasserie sans un mot.

Mais le mal était fait.

VII

Je résistai quelques jours mais la brèche était irréparable. Je tentai bien de la colmater avec des mots, en écrivant des titres, des tonnes de titres sans queue ni tête. En vérifiant que chaque jeton soit bien à sa place dans les tiroirs. En triant les équamots par thème plutôt que par ordre alphabétique, mais en vain. La digue était rompue et, par la brèche, vomissait mes souvenirs. Tout était si bien rangé jusqu'à présent ! Alors je finis par aller la chercher. La boîte. Tout au fond du placard à balai. En l'attrapant je pris la RÉMINISCENCE en pleine figure : mal rangée, l'enseigne venait de me tomber dessus. Et une enseigne ne vous tombe pas dessus sans raison. Une vilaine boîte en bois vernis avec une gondole peinte sur le couvercle. Devant, une petite attache en point d'interrogation vient se glisser dans un anneau tordu. Je savais ce qu'elle contenait, je l'ouvrirais sur place, au dernier moment. Je craignais qu'un vilain papillon de Pandore ne s'en échappe dans ma boutique, obscurcissant l'air à jamais.

Dans le train omnibus cahotant je cachai la boîte sous ma veste, mal à l'aise. Une gamine à chewing-gum me scrutait, j'évitai son regard en me concentrant sur ce qui se passait dans les jardins longeant la voie. Du linge étendu, un tas de feuilles fumant, deux gamins en botte, un chat sur le perron, une balançoire, des pies qui se disputent, des rosiers bien taillés, un gars sur une tondeuse, un mur de ronces, un gazon anglais, une parcelle potagère avec cabane en sus, Terminus, tout le monde descend !

La gare donnait sur une petite place bordée de platanes. Je ne m'en souvins qu'en la voyant, comme tout le reste. Je passai devant le cinéma « Le Select » et sa cabine octogonale en bois verni où l'on achetait les billets. Je pris mon temps, humant l'air, reconnaissant avec un plaisir douloureux les rues, les devantures des magasins, les angles usés des façades, la maison de mon copain Martin, l'école. La Digue de l'Oubli de mon pauvre cerveau n'était plus qu'un tas de ruines fumantes d'où s'échappaient les derniers souvenirs enfermés trop longtemps.

Souvenance + rémanence + coutumier + déjà-vu + habitudes

=

FAMILIER

L'angle de la rue des Cerisiers : je tournai à la fontaine en laissant glisser mes doigts le long de la pierre ébréchée et remontai la rue. La boulangerie sur le trottoir d'en face proposait toujours ses tartes fines aux pommes qui faisaient le régal des goûters du dimanche.

Le propriétaire de la brasserie, bâti comme Lazure, toujours flanqué de son tablier, faisait des piles de chaises bien nettes avant de baisser le rideau de fer. Il me vit, me reconnut, leva le bras en guise de salutation. Mon bras répondit de même. La plaque d'égout en labyrinthe des parties de billes, le lierre du mur chatouillant ma joue. Le portail, déjà. Devant moi sans crier gare. J'ouvris enfin la boîte, un peu tremblant. Elles étaient là, bien sages. Je la reconnus tout de suite parmi les autres. 13 centimètres, forée, anneau ovale, panneton simple à double planche au museau lisse. Je la caressai, sentis le froid du cuivre, chaque imperfection de la tige. C'était ma clef préférée. Elle me rappelait celle que Joseph Pagnol glissait fébrilement dans la serrure pour ouvrir la porte défendue qui raccourcissait le chemin des vacances. Fébrile comme ce brave homme quand je glissai la clef dans la serrure, qui n'offrit pas de résistance. J'entrai. La façade de la maison me serra le cœur tant elle m'était familière. Comme si je venais d'en partir. Le béton fendu de la cour laissait maintenant passer des herbes folles. Les marguerites en plastique avaient disparu. Pour ne pas aller trop vite, je choisis de commencer par la grange. Dans ma boîte, la lourde clé bénarde attendait son tour. Anneau en cœur inversé, panneton à un rouet. J'ouvris les battants en grand et retrouvai la voiture de mon père. Une DS 23 Pallas bordeaux, toit métal, de 1974. Et ses rangées de vignettes sur la vitre arrière. Elle n'était pas verrouillée, je m'assis sur la banquette arrière, le cuir craqua.

L'espace familier, l'odeur du cuir, quelques rares effluves de tabac à pipe et d'essence me ramenèrent longtemps en arrière. Mes pieds ne touchaient alors pas le plancher. Je sentis presque les molles ondulations de la suspension hydropneumatique révolutionnaire qui me donnait mal au cœur. Et je le vis. Mon père au volant, son regard dans le rétro quand il me disait qu'un jour elle serait à moi. Dans le fond du garage, un grand drap protégeait ses outils d'ébéniste que je devinais bien rangés sur l'établi. Il avait dû tout ramener là quand il avait fermé son atelier. Je n'osai soulever le tissu, drap mortuaire de son activité dont j'étais un peu responsable. Il aurait voulu que je me mette au bois. « Mets-toi au bois, garçon ! » Je revins dans la cour, hésitai. Fallait-il aller plus loin ? Rebrousser chemin tant qu'il était temps ? Oui mais temps de quoi ? Temps de fuir encore le passé sans se construire d'avenir ?

« Et après ? », me diriez-vous. Comme pour répondre à mon hésitation, le ciel se déchira et l'orage, menaçant depuis le début de la journée, creva enfin les nuages à grand coups d'éclairs pour déverser des hallebardes. Bref, il se mit à pleuvoir très fort. Je courus vers la maison. Dernière clé, fine, anneau en 'C ', panneton simple. La porte ne grinça pas quand je l'ouvris. Mon cœur battait fort. Cette maison avait été leur tombeau et je tremblais d'y trouver de macabres indices. À l'intérieur il faisait froid, il faisait sombre mais, curieusement, pas d'odeur de renfermé, pas de poussière sur les meubles, la pendule faisait tic tac. On pouvait même percevoir une légère odeur citronnée. Entretenue. Voilà le mot qui me venait. Plus que ça, cette maison m'attendait. Dans l'obscurité, je retrouvais mon chemin sans me cogner dans les meubles. Assurance des années passées dans ces pièces. J'ai ouvert à tâtons les volets de la cuisine qui donnait sur l'arrière de la maison et je nous ai vus. Mon père et moi, à genoux dans le potager parfaitement entretenu, carottes et pommes de terre, blettes et rhubarbe, courgettes et citrouilles, aromates. Luxuriant, frais, promesse d'une récolte abondante   avec ses petites étiquettes et nous au milieu, en train de repiquer des plants de tomates. Il faisait chaud, ma mère nous apportait une orangeade. Le vent rabattit le volet sur moi et le souvenir vola en éclats. Dans la terre en jachère, la pluie faisait déjà des mares de boue.

Je sentis qu'on m'observait. Je croisai mon propre regard sur des dizaines de   photos entassées sur le vaisselier. À tous les âges. Jusqu'à huit ans, enfant riant, lueur claire. Après, jeune garçon pâle, regard absent. L'une d'elles nous montrait debout devant l'étude du notaire. Mon père, ma mère et moi. Je regarde l'objectif, bien droit dans mon petit costume, visage fermé, lueur sombre. Mon père à ma gauche regarde ma mère qui me regarde, admirative. Tenant son petit sac à main contre son cœur. Lui, tourné vers elle, elle, tournée vers moi. Et moi, tourné vers moi-même. Résolument.

Je regardai toutes ces photos comme appartenant à un autre. Ce n'était pas mon histoire et pourtant c'était bien moi, là, partout. Je trouvai le compteur et la lumière fut. J'appréciais cette ambiance de fin du monde que m'offrait l'orage. À l'image de mon état d'esprit. Je n'aurais pas voulu d'une jolie journée de printemps avec un joyeux soleil et des pépiements d'oiseaux. Non. Je voulais que la pluie tombe drue sur les fenêtres et sur les rares plantes du jardin. Qu'elle écrase les corolles des pâquerettes et salisse de boue les iris. Qu'elle oblige ces foutus oiseaux à rester cachés dans leur nid. Dans la cuisine, je ne vis pas les meubles en formica et la petite table bien suffisante pour trois puisqu'on ne recevait jamais personne. Non. Je vis le sol. Petit, je suivais du doigt les arêtes des cubes noirs et blancs du carrelage. Je ressens encore le froid que cela me procurait sur la pulpe de mon index. Et j'y associai immédiatement les bottines de ma mère. Allongé sous la table, je les regardais aller et venir au gré des tâches effectuées, comme un adagio de danse classique. Un pas de côté, pointe, balancé, pointe, première position, glissade. Et puis elle me surprenait dans ma cachette, m'invitait à « sortir de là-dessous tu vas tout te salir ! » et me voilà devant une assiette, une astucieuse assiette avec un creux pour y mettre un œuf à la coque. Et Titi dans le fond de l'assiette qui disparaissait sous les coquillettes. À chaque coup de cuillère, il réapparaissait un peu plus. Ce souvenir m'entraîna vers un autre. Ma mère épluchait une orange pour elle, puis une pomme pour moi, si bien que le jus de l'orange imprégnait la pomme. Mes papilles en reproduisirent immédiatement le goût. Le souvenir de ma mère n'était plus celui d'une femme au regard triste et fatigué, non, ma mère, c'était une pomme au goût d'orange. Un coup de tonnerre me ramena au présent. Je quittai le ballet et entrai dans le petit salon. Je ne vis pas le carrelage blanc moucheté de noir recouvert d'un tapis élimé, ni le sofa fatigué, ni les bibelots au-dessus de la cheminée. Non, j'y vis un feu pétillant et le sapin de Noël toujours au même endroit, montant jusqu'au plafond. Avec ses boules multicolores et ses anges pailletés. Je me vis un soir de Noël, tremblant d'impatience devant les paquets sous le sapin. J'avais reçu une 'Dictée Magique'. Grand moment de bonheur. La main de mon père me tendant le paquet. Sa voix, son regard : « Tiens, bonhomme ! » Puis s'adressant à d'autres adultes dont je ne vois pas les visages, « Il arrêtera de découper les lettres dans mon journal ! » Des rires, regards bienveillants, ambiance heureuse.

J'osai entrer dans la chambre de mes parents. Je ne vis pas le lit étroit et le vilain plaid au crochet, ni les tables basses démodées et les réveils de voyage, identiques et muets. Je vis la bibliothèque. L'héritage de mon grand-père maternel, ingénieur brillant, directeur d'usine chimique, féru de littérature. Nous lui devons nos prénoms, la Toutepetite et moi. L'Énéide de Virgile était le premier livre que maman avait sorti des cartons. Une grande et belle bibliothèque pleine de livres à couvertures de cuir et lettres d'or. Ma mère les avait rangés par couleur, « pour faire plus joli ». Philosophie, physique, géographie, théâtre se côtoyaient dans un joyeux bazar et je m'imaginais, enfant, que les livres se parlaient entre eux.

« Grâce à la physique quantique, la dualité onde-particule n'est plus à remettre en cause, qu'en pensez-vous ?

-Peut-être, mais si tu ris encore le moins du monde, je te jure que je t'appliquerai le plus grand soufflet qui se soit jamais donné.

-Comment ? Vous ne savez pas où se situent les îles Galapagos ?

-Ah non, désolé, je ne quitte pas ma caverne : j'ai un mythe à expliquer. »

Et les livres, furieux d'avoir des voisins si peu instruits, tremblaient sur l'étagère, me suppliant de les classer par thème, ou au moins par époque. Et je restais là, en tailleur, les yeux rivés sur eux, n'osant faire ce qu'ils demandaient. Plus tard, ma mère m'autorisa à les lire mais elle veillait à ce qu'ils soient ensuite remis à leur place. Elle n'en a pas ouvert beaucoup, je pense, mais elle aimait que, parfois, je lui raconte ce qu'il s'y disait.

Dans ma chemise mouillée je frissonnai. Par réflexe, je montai dans ma chambre pour me trouver quelque chose de sec en me traitant immédiatement d'imbécile :

les placards devaient être vides, depuis le temps. Mais ma chambre était intacte. Les armoires contenaient encore les quelques pulls que je n'avais pas emportés. On n'avait pas bougé un stylo. Le tiroir de mon bureau sentait encore le crayon taillé et le chewing-gum Veinard collé sur le côté. Trois billes, un effaceur sec et, dans un sac de toile, les animaux en bois sculptés par mon père. Je le vis dans son atelier, m'asseyant sur l'établi et sortant de sa poche les merveilleux spécimens taillés pour moi. Je revois ses mains burinées, couvertes d'une fine couche de sciure de bois, ébouriffant mes cheveux. J'eus soudain l'envie irrépressible d'être de nouveau dans son atelier et de prendre ses mains dans les miennes, de lui dire que j'étais revenu et que je ne partirai plus.

J'étais pétrifié.

Ne croyez pas que c'était d'émotion, non. C'était d'effroi. En revenant là je pensais ouvrir la boîte de Pandore, me laisser submerger par un passé douloureux et triste, qui confirmerait combien j'avais été malheureux. Combien j'avais eu raison de partir. Je pensais que chaque meuble effleuré, chaque objet touché seraient imprégnés de ce sentiment de malaise qui ne m'avait pas quitté toute mon enfance. Mais il n'en était rien. Chaque pas me menait tout droit vers une évidence : mes souvenirs n'étaient pas les bons. Ce que je réveillais là n'était que les réminiscences d'une enfance...normale.

Un étranger visitant la maison se dirait : « Comment ! Vous dites que votre fils ne vous a pas rendu visite depuis des années, mais c'est intolérable! Il a pourtant dû être très heureux, ici ! Vous lui avez donné tout ce dont il avait besoin ! Quelle ingratitude ! » Et c'est exactement ce qu'à cet instant je pensais de moi. Enfance fantasmée de frustration et d'incompréhension dont je ne ressentais rien à présent. Naufragé volontaire du Pays Imaginaire, aurais-je effacé mon enfance pour ne garder que de mauvais souvenirs ? Les aurais-je même inventés pour mieux excuser mon attitude ? Piètre capitaine, je voguais à vue depuis des années, m'entêtant à ne pas me servir de boussole. J'étais devenu...le Capitaine Crochet. Glacé, j'empoignai un vieux pull au hasard que je m'empressai d'enfiler. Dans le fond du placard, je reconnus tout de suite la petite boîte en métal. Encore une, décidément, c'était jour d'ouverture. Ce que je fis, en tremblant, de nouveau, connaissant le contenu, évidemment. Un bonnet d'enfant, jamais porté, celui de la Toutepetite, un minuscule béguin brodé. Au point d'Alençon. Et le malaise de mon enfance me sauta à la gorge comme un chien enragé.

« Je suis un mauvais fils », confessai-je à Ernest. Je l'avais appelé et il était tout de suite venu chez mes parents. Nous étions maintenant dans la cour, assis côte à côte sur le banc en plastique trouvé dans le garage. L'orage était parti gronder ailleurs, le bleu avait repris ses quartiers. Le béton fissuré finissait de boire les flaques. Je vidai mon sac. C'était très clair à présent et j'avais besoin de le dire à voix haute :

« J'étais en colère. À cause de la petite sœur. Pas parce que je ne suffisais pas à mes parents, non, mais parce que, justement, je semblais leur suffire. » Ils ne l'évoquaient jamais, rien dans la maison ne rappelait qu'elle avait vécu. J'étais le seul à vouloir en parler mais mes parents évitaient le sujet, m'empêchaient même de prononcer son prénom. « Laisse ça au passé, fils. » Voilà ce que répondait mon père. Ma petite sœur était devenue « ça », une chose gênante qu'on préfère oublier. Elle était devenue le caillou dans la chaussure. Alors j'ai refusé d'oublier à leur place, j'ai refusé d'être gai, de faire comme si. Leur enfant mort est devenu mon enfant, leur blessure est devenue la mienne et je l'ai laissée ouverte puisqu'ils avaient tout fait, eux, pour la refermer avec soin. Je suis devenu le grain de sable dans l'engrenage bien huilé de leur petite vie étriquée. Ma sœur et moi, semblables, éléments minéraux : le caillou et le grain de sable. Pour leur faire payer leur petitesse, leur tiédeur. Plus tard, j'ai tout fait pour disparaître de leur vie en vivant loin d'eux.

Mais en revenant dans leur maison, j'avais réalisé l'étendue de ma cruauté. Comment avais-je pu être si dur, alors qu'ils faisaient leur travail de parents en tentant de me protéger ? Pourquoi n'avais-je pas accepté ou compris en grandissant que leur peine était réelle et que je n'avais nullement le droit de leur faire payer la disparition de la petite sœur ? Mauvais fils. Ce n'était pas la 'Solitudinite' qui m'empêchait de m'ouvrir aux autres mais la culpabilité. Pas aimant, pas aimable. Mauvais fils.

J'allais vendre la maison et partir loin. En Laponie où je mourrai seul, dévoré par des élans. Ou au Pérou, dévoré par des lamas. »

Ernest ne semblait pas s'étonner de ma confession. Il faisait partie de ces hommes que rien n'étonne jamais. Mon père était pareil. Je tentais toujours de l'épater, de le surprendre avec une histoire ou une anecdote, mais en vain. À croire que ce n'était pas dans ses gènes, l'étonnement. Comme j'aurais aimé qu'une fois, une seule, il me dise en levant les sourcils, léger sourire amusé : « Ah bon ? C'est incroyable ça ! »

Mais non. Jamais surpris. Jamais amusé. Ernest me jouait la même chanson. Je vidais mon cœur et il se contentait d'un hochement de tête, le sourcil bien baissé, pas surpris du tout. Et je lui en fus très reconnaissant. J'étais tout étourdi par ce que je venais de dire, pas besoin de commentaire. Le silence allait s'installer, mais la grille l'en empêcha en grinçant sur ses gonds.

Constance Chambon, la femme d'Ernest, apparut. Maintenant que ma mémoire fonctionnait à nouveau, je pouvais dire qu'elle n'avait pas changé. Elle m'embrassa comme du bon pain. Je lui tombai dans les bras. Si bien qu'il n'y avait plus un œil de sec. Je la remerciai pour la maison, si bien entretenue. « Oui. Je savais bien que tu retrouverais tes esprits. »

Je ne répondis rien. J'aurais préféré perdre l'esprit pour toujours que de retrouver ces lambeaux de souvenirs coincés sous les meubles. J'y avais cru pourtant, à la rédemption. En revenant ici je pensais faire mon deuil. Leur pardonner et enfin passer à autre chose. Je m'étais trompé, encore une fois. C'est de pardon que j'avais besoin mais pour moi, pas pour eux. C'est moi qui devais présenter des excuses et ils n'étaient plus là pour m'entendre.

« Il pense qu'il est un mauvais fils » commenta Ernest, pas étonné du tout. Sa lueur clignota, j'y surpris de la gêne. « Je crois qu'il faut que tu l'emmènes. » Constance hocha lentement la tête, pas surprise non plus.

« Suis-moi », m'invita-t-elle. Ce que je fis.

Je crois que j'ai dormi tout le trajet. En me réveillant nous étions bien au-delà de la ville. Partout des champs. Combien de temps avions-nous roulé ? Le soleil était bas. La voiture s'engagea dans un chemin cahotique bordé de charmilles. Nous franchîmes le portail d'une propriété dont je ne parvins pas à lire le nom, pour déboucher dans une forêt de conte de fées. Des arbres majestueux, dont je ne reconnaissais pas l'essence bordaient une clairière parsemée de pâquerettes et de boutons d'or. On aurait pu voir jaillir

Blanche-Neige poursuivie par le chasseur, ou le prince cherchant en vain l'entrée du château de la Belle au Bois Dormant. Constance gara la voiture et m'intima de la suivre. Nous traversâmes la clairière aux boutons d'or. À travers les basses branches, à l'orée du bois, je vis passer une bande de gamins. Ils nous firent des grimaces et s'enfuirent en riant à notre approche. Mal élevés. J'allais demander des comptes à Constance, mais celle-ci était déjà loin. Elle avait emprunté un petit chemin sableux qui menait vers des habitations que je n'avais pas remarquées. De grandes maisons de bois dont les toits descendaient presque jusqu'au sol. Elle disparut dans l'une d'elle. La fin de journée orangeait le ciel pour donner une teinte toute féerique à ce décor. L'air était doux, sentait bon. Mais où étions-nous, bon sang ? Et qu'est-ce que je faisais là, d'ailleurs ? Je réalisai que j'avais suivi une femme que je n'avais pas vu depuis des années et qui me conduisait Dieu sait où, moi qui ai horreur de l'imprévu ! Agacé, je rejoignis pourtant Constance, et entrai dans le chalet baptisé Deo Gratias. Je fus accueilli par des visages. Des centaines de visages souriants ou grimaçants sur des affiches de papier glacé nous souhaitant la bienvenue à « Oblitus Hortus ».

'À Oblitus Hortus, nous cultivons leur différence.'

'Oblitus Hortus, où l'on n'oublie jamais qu'ils sont précieux.'

Nous étions dans un orphelinat pour enfants handicapés. J'étais effaré. Je ne savais pas qu'un tel endroit pouvait exister. Dans ce qui tenait lieu de hall d'accueil étaient affichés des dessins d'enfants et des peintures maladroites ; une photo d'un couple enlacé et souriant au milieu d'une dizaine d'enfants levant haut les mains au-dessus de leur tête ; une autre du même couple entouré cette fois d'adultes portant tous le badge de l'association et une légende : 'Bénévoles contre l'oubli'. Les photos étaient prises dans la clairière. Des dépliants expliquaient le partenariat entre l'aide sociale à l'enfance et l'association pour faire le bonheur d'un demi-millier de petits pupilles de l'État, porteurs d'anomalies physiques et mentales. L'association se chargeait à la fois d'accompagner les parents éprouvés par l'annonce du handicap de leur enfant à la naissance, d'accueillir les enfants que des parents avaient choisi de confier à d'autres, et de trouver une famille prête matériellement, psychiquement et règlementairement, à adopter ces enfants. Constance travaillait-elle dans cet orphelinat ? Elle réapparut, accompagnée d'une femme d'un certain âge, longue natte grise, pull et jupe bleus, une croix d'or brillant sur sa large poitrine. Je reconnus la femme au centre sur les photos. Elle ne faisait pas plus d'un mètre soixante, mais son regard me mit mal à l'aise tant il était incisif. On aurait dit qu'elle me connaissait. Comme quand on rencontre une vieille tante qui vous a connu bébé : « Tu n'étais pas plus haut que ça. Et tu bavais», ce qui lui donne le droit de t'inspecter des pieds à la tête comme une marchandise. « Virgile », fut sa seule parole et, alors qu'elle prononçait mon prénom en prenant mes mains dans les siennes, je me sentis fondre comme une sucrerie.

« Je m'appelle Lucie Rigaud. Tu es ici au cœur de l'association "Oblitus Hortus ", qui doit son nom à la passion de mon mari Henri pour le jardinage ! Il initie nos pensionnaires aux joies du travail de la terre. "Oblitus Hortus" signifie... » « Le potager des oubliés , l'interrompis-je, bien sûr. »

« Ou le jardin des Oubliés, oui c'est bien ça. Nos petits 'oubliés', ce sont tous ces enfants dont nous prenons soin. Notre association prend en charge tout enfant né avec une anomalie physique, qui nous sont confiés par ceux qui l'ont mis au monde. Nous prenons soin des enfants délaissés parce que handicapés. Et nous nous assurons de leur trouver une famille qui leur donnera tout l'amour qu'ils méritent. Nous nous efforçons aussi d'informer l'opinion publique et surtout les milieux médico-sociaux sur l'aspect positif de l'adoption d'enfants handicapés. Nous sommes une passerelle entre eux et le bonheur d'être aimés pour ce qu'ils sont. »

D'un geste, Lucie m'invita à la suivre et me conduisit dans un salon au mobilier démodé mais confortable. « En attendant d'être confié à une famille, ils trouvent ici des camarades de jeu, de l'affection et tout l'espace nécessaire pour jouer et courir en toute tranquillité. Les différents chalets permettent des activités d'éveil et d'enseignement. Recueillir, rendre possible, être attentif, rechercher, accompagner, informer. Autant d'actions que nous menons au quotidien depuis presque trente ans. Un millier d'enfants ont joué dans ce parc et profité des infrastructures mises en place avant de retrouver un foyer aimant. » Elle se tut, me laissant assimiler l'information. Je hochai la tête, à la fois impressionné par leur action et gêné par le quiproquo. Je crois qu'elle voyait en moi un bénévole éventuel. Que lui avait raconté Constance ?

« L'épreuve d'un enfant malade, condamné à vivre avec un handicap, n'est pas accepté par tous de la même façon. Les familles nous confient leurs enfants parce que la tâche leur semble insurmontable. Ils n'ont pas le soutien de leur entourage, ni les ressources personnelles pour accepter de voir leur vie bouleversée. Alors ils font ce qu'ils estiment être le mieux, pour eux bien sûr, mais aussi pour leur enfant. Beaucoup pensent qu'ils rendent service à leur enfant, qu'ils n'auraient pas su, pas pu s'en occuper correctement.

- Et vous êtes d'accord avec ça ?

- Ce n'est pas le problème. Il est question de prendre soin de ces enfants. Cela fait trente ans que je me bats pour faire changer les mentalités. Croyez-vous que j'y aurais consacré ma vie entière si je n'avais pas été intimement persuadée que ces enfants sont des pépites qu'il faut choyer ? Nous ne jugeons pas les parents qui choisissent de confier leur enfant malade. Nous nous efforçons d'en diminuer le nombre. Cette année, nous avons aidé cinq familles à garder leur bébé trisomique.»

Me levant, je décidai de l'interrompre, lui expliquant poliment que, même si je trouvais leur action formidable et que j'allais tout de suite faire un don à l'association, je n'avais pas l'intention, pas la possibilité, de m'investir en tant que bénévole.

« Ma vie est déjà un peu compliquée : je ne vois pas comment je pourrais, en plus, supporter le malheur de ces pauvres enfants, voyez-vous. Il y a un malentendu. »

Où était Constance ? Elle m'avait laissé seul avec cette bonne femme. Comment avais-je pu me laisser embarquer dans une telle aventure ? Je ne comprenais plus rien et sentais la panique me gagner. Je voulais rentrer chez moi. Je voulais quitter très vite cet orphelinat de handicapés vivant dans des cahutes en bois.

« Il n'y a pas de malentendu, Virgile, annonça Lucie. Je sais bien que ta vie est compliquée mais tu es là pour la rendre plus simple, justement. »

« Ah oui ? Et que savez-vous de ma vie, au juste ? Excusez-moi, mais vous n'avez pas la moindre idée de rien du tout. »

Je commençais à perdre patience.

Lucie prit mes mains dans les siennes pour la seconde fois.

« Je te connais, Virgile, assura-t-elle, parce que j'ai connu ta sœur, Eurydice. »

Je me raidis en entendant ainsi nos deux prénoms dans une même phrase. Ce n'était jamais arrivé. Personne ne prononçait jamais son nom. Eurydice. Enfant, je le chuchotais le soir dans mon lit en regardant les étoiles, me disant qu'elle devait être l'une d'entre elles. En grandissant je n'ai plus osé le prononcer, et même en pensée, elle est devenue ma Toutepetite. La tête me tournait. « Puis-me rasseoir ? » chuchotai-je, en joignant le geste à la parole.

Il y avait une erreur. Ma Toutepetite n'avait vécu que quelques heures. Une malformation cardiaque. Comment Lucie avait-elle pu la connaître ? Qu'est-ce que c'était que cette mascarade ? Je plongeai dans le regard de Constance, revenue près de moi. Sa lueur exprimait regret, compassion et satisfaction de révéler un secret. Mais quel secret ? Eurydice avait donc vécu ? Et soudain, les affiches, le beau discours de cette femme révéla tout son sens. Mes pensées tourbillonnaient en bourrasque dans ma tête. Je repassai le film de ma vie, scènes en accéléré puis au ralenti. Mon entrée dans la chambre d'hôpital, la Toutepetite dans sa couveuse, son petit pied à peine posé, et ma mère en arrière-plan, les yeux rougis, parce que son enfant allait mourir ? Non, parce qu'ils allaient choisir de l'abandonner. Je refusais d'y croire. Je voulus faire demi-tour, faire marche arrière, ne jamais être entré dans ce chalet, dans cette clairière maléfique, ne jamais avoir revu Ernest. Oui mais « Et après ? ». Qu'est-ce qui se passerait, après ? Un ersatz de vie sans cœur ni tête. Sans question, mais surtout sans réponse. Je croisai le regard de Lucie qui m'offrait de savoir et de comprendre, enfin. Je la laissai ouvrir la boîte de Pandore, libérant les papillons noirs de ce terrible secret qui avait englué notre famille.

Eurydice était atteinte de la trisomie 21. À cause de cette maladie, elle souffrait d'une cardiopathie très grave qui la condamnait à une vie courte. Mes parents se sont trouvés démunis à l'annonce de son handicap et de sa maladie. Ils ont entendu non pas le possible, mais l'impossible. Les bouleversements, le poids des soins, le coût de sa prise en charge, le traumatisme pour le grand frère, tout ça pour quelques mois à peine. « Vous avez le droit de ne pas souffrir, si, si, je vous assure, c'est un droit. » Ils ont pris une décision qu'ils ont, sur l'instant, jugée la bonne. Ils ont choisi de la confier à « Oblitus Hortus » où Eurydice a vécu sa vie, courte il est vrai, mais effective. Quatre ans. Atteinte de cette malformation cardiaque très grave, elle a été adoptée par Lucie et Henri. Constance nous avait rejoint, elle témoigna combien mes parents avaient payé chèrement leur décision. Et mon attitude à l'époque avait été le révélateur de leur erreur : non, rien ne serait jamais comme avant. Ils ont souffert, j'ai souffert et le bon droit n'y pouvait rien.

Quatre ans en tout. Quatre ans sans nous, sans moi. Je sanglotai comme un enfant, laissant enfin s'ouvrir les vannes de ce que j'avais finalement toujours ressenti. Je sortis un mouchoir de ma poche, en tissu, il avait appartenu à Lanimal. Je l'avais gardé en souvenir. Voilà donc où voulait me mener mon ami. Jusqu'à ce Jardin des Oubliés où ma sœur avait poussé, fleur fragile parmi d'autres fleurs fragiles.

Constance prit alors la parole. Quelques semaines avant la mort de mes parents, ma mère avait enfin avoué à Constance la terrible vérité sur l'abandon de leur enfant. Elle vivait avec ce fardeau depuis si longtemps qu'elle avait besoin de savoir. Qui s'était occupé d'elle, où était-elle enterrée ? Constance avait alors accepté de prendre contact avec l'association. Ma mère sut qu'Eurydice avait vécu quatre ans dans cet orphelinat. Et qu'elle y était enterrée, dans une partie du cimetière avec les autres « petits » de l'association dont Lucie et Georges s'étaient occupés. Une dizaine de croix de bois toutes semblables s'alignaient dans un carré d'herbe bien entretenu. Je ne suis pas un habitué des cimetières. Je ne suis jamais allé sur la tombe de mes parents. Ni même sur celle de mes grands-parents. Une longue lignée d'agnostiques patentés. Mais j'ai ressenti le besoin d'aller dans ce 'jardin des souvenances' pour être au plus près de ma Toutepetite.

Et j'ai juste caressé cette herbe, douce, comme j'aurais caressé doucement ses cheveux. J'aurais voulu m'allonger et laisser le sol m'engloutir, m'enraciner à côté d'elle. Faire partie de ce monde végétal où chaque croix rappelait combien chaque vie est essentielle. On en revenait toujours là. L'essentiel de chaque vie vécue, même courte, même bancale, même malade : mes Potagers, ces enfants oubliés. Moi.

Ce que leur apprit Constance plongea mes parents dans une détresse plus grande encore. Trois jours après, ils mouraient dans leur lit. Il faut croire que le « tueur silencieux » n'était pas seulement le monoxyde de carbone, mais le chagrin qui les rongeait depuis si longtemps. À leur disparition, Constance s'investit et devint bénévole dans ce jardin des oubliés.

Lucie me fit faire le tour du propriétaire. Je dois bien avouer que je ne me rappelle pas grand-chose de ce jour-là. C'est plus tard, quand je revins, que je compris comment l'association fonctionnait. Les discours de Lucie revenaient toujours à une notion fondamentale : Dieu était derrière tout ça. Toutes les victoires de l'association, ils les devaient d'après elle à la prière, à la grâce de Dieu. Je n'avais jamais approché une catholique de si près. Et si ses croyances s'apparentaient plus pour moi à une sorte de magie, je n'en étais pas moins séduit. Ils avaient accompli tant de choses dans cet endroit et ils n'en tiraient aucune gloire, aucune fierté, remettant tout, comme elle disait, entre les mains du Seigneur. « Les joies comme les peines, Virgile, c'est ça l'astuce ! Si nous rendons grâce à Dieu pour tous ses bienfaits, nous lui demandons aussi son aide dans les difficultés. » Autour de nous étaient disséminées tous ces chalets identiques, aux toits si bas qu'on croyait de loin à de grandes tentes d'indiens. Seuls leurs noms les différentiaient, tous de références chrétiennes. 'Déo Gratias' était le bureau de l'association et l'endroit où les familles adoptantes étaient reçues. Les autres portaient le nom d'un saint ou d'un personnage biblique. 'Moïse ' hébergeait les plus jeunes, 'Saint Augustin' les plus âgés, 'Mère Térésa' les plus malades avec des installations médicalisées. Les enfants dînaient chez 'Saint Vincent de Paul', allaient à l'école chez 'Don Bosco', et 'Saint Paul' leur proposait des ateliers en tout genre. La chapelle 'Saint Jérôme' ressemblait à celle de *La petite maison dans la prairie* avec son petit clocher blanc. On n'était pas obligé de croire mais, tout de même, tout cela respirait une vraie quiétude. Ce jour-là, je ne vis que peu d'enfants. Une fillette, affublée de grandes lunettes à monture rouge, quitta son groupe en me voyant et courut vers moi. « Tu m'emmènes ? » baragouina-t-elle en s'accrochant à ma jambe. J'étais tétanisé. Lucie vint à mon secours. « Non, Anna, Virgile n'est pas venu pour t'emmener mais il reviendra jouer avec toi...peut-être ! » Là, c'est à moi que ça s'adressait. Je crois que je n'ai rien répondu. Anna, confiante, m'a dit : « Reviens vite » avant de disparaître dans l'un des chalets. Il était tard, j'avais froid malgré le temps doux.

Lucie m'a donné des photos. Sur toutes elle sourit, ma Toutepetite. Avec ses cheveux blonds, blonds comme ceux du Petit prince. Devant ses bougies ; portant un lapin ; les joues barbouillées de gâteau au chocolat ; dans les bras de Lucie, ses petites mains potelées contre son cou. Alors que je ne souriais plus, elle souriait, elle, à la vie courte qu'il lui était donnée de vivre. Elle avait été heureuse quatre ans, quand j'avais été malheureux durant trente. Elle m'avait apprivoisé dès que j'avais posé mon regard sur elle. Je ne le savais pas durant tout ce temps. Maintenant, j'allais pouvoir me souvenir d'elle, vraiment. Et dans la révélation de ce drame, j'y gagnais. À cause de la couleur du blé.

Avant de monter dans la voiture, Lucie me serra dans ses bras et m'assura que je serais toujours le bienvenu. Et je la déclarai silencieusement membre officiel de la LDED : la Ligue des Défenseurs de l'Essentiel Dérisoire.

Ce soir-là, j'ai tenu à retourner chez mes parents. Constance s'est inquiétée de me laisser seul dans la nuit : « Il n'y a même pas d'électricité ! » Mais je l'ai rassurée : je n'allais pas mettre fin à mes jours ou mettre le feu. Le feu, je l'ai allumé dans la cheminée, qui fuma de mauvaise grâce d'être ainsi sollicitée après trois ans d'inactivité. Le bois trop sec claqua mais prit vite. Je dégottai un fond d'eau-de-vie et le bus. L'alcool m'apaisa puis m'abrutit.

Plus tard, le froid me réveilla. Je jetai quelques bûches

sur les braises, craquai une allumette. C'est alors que je les vis. Mes parents, jeunes, beaux. Assis côte à côte près de moi. Se réchauffant à la même flamme. Dans les bras de ma mère, la Toutepetite gigotait dans ses langes, je ne voyais pas son visage, juste son petit pied avec ses orteils-petits pois. Mais elle était là, bien vivante. Je les regardais et ils me regardaient. Ils souriaient et je souriais. Ils retournèrent à l'obscurité quand l'allumette s'éteignit. J'en rallumai encore et encore pour que le film continue. J'ai huit ans, mollets joufflus, galoches boueuses, boutons lundi sur mardi, la petite souris va passer, poches alourdies de billes gagnées à la récré. Et les gazouillis d'Eurydice. J'ai dix ans, cheveux en pétard, Converse aux pieds, album Panini et mélange à 10 francs de la boulangerie pour mon anniversaire, les poches alourdies de marrons pour tirer sur les pigeons. Et le sourire d'Eurydice. J'ai quinze ans, blouson en daim et chaussures montantes, mobylette pour épater les filles, les poches alourdies de pétards pour faire le souk dans le quartier. Et les dessins d'Eurydice punaisés sur mes murs. J'ai vingt ans, certif en poche, travail du bois, virée dans la DS du père, les poches alourdies de clopes et briquet. Et les photos d'Eurydice sur le bahut. J'ai trente ans, sous l'enseigne d'ébéniste de mon père qui a fait ajouter « Et fils » à côté de son nom. Et l'amour d'Eurydice tout autour de nous. À quoi j'aurais dû ressembler, à quoi je n'ai pas goûté. Dernière allumette. Ils étaient encore là, mais seuls cette fois, et vieux, et malheureux. Tellement. Je le lisais dans leur regard.

Toute leur vie ils ont lu dans le mien la rançon de leur peur. Parce que ce n'était que ça. De la peur vrillée au corps, asphyxiante, tétanisante. Il n'y a que la peur pour s'entendre dire : « Allez-y, prenez mon bébé, emportez-le, il sera mieux ailleurs. Nous sommes prisonniers dans les griffes de la peur, nos bras sont liés : nous ne pouvons pas le porter, faites-le, vous. Peut-être qu'après la peur nous libèrera ? » Mais elle n'en fit rien. Elle a gardé mes parents dans ses griffes : peur de leur regard dans le miroir, peur de leur ombre, peur de comprendre que leur salut est dans le sourire de leur enfant confié à d'autres. L'amour, la voilà la clé. La clé de douze qui remet tout d'aplomb, tout en perspective. Et la peur, cette connasse, empêche l'amour de chuchoter à l'oreille du monde qu'il est LA solution. Pour nous, la solution était cachée dans le sourire d'Eurydice. Ce n'est pas Solitude qui ronronne à mes pieds depuis des années, c'est la Peur. J'aurais dû l'appeler Chocotte.

Je jetai la dernière allumette dans l'âtre, les flammes montèrent lentement et nous restâmes là un long moment côte à côte à contempler la danse du feu. Le matin me trouva par terre devant la cheminée, glacé. Le matin me trouva autre. Enfin.

Voilà. Mes notes s'arrêtent là. Plutôt que de le coucher sur le papier, j'ai vécu le deuil d'Eurydice, de notre famille, de mes parents. Lucie m'avait donné le nom d'un professionnel qui m'a aidé à y voir plus clair. Ne pas tenter vainement de tout arranger tout seul, pour une fois. Les mois ont passé, depuis. Je suis retourné à l'association. Je donne un coup de main, une journée par semaine, je lis des histoires aux gamins ou je leur fais écrire des poèmes. Nous faisons du théâtre. Nous jouons avec les mots sans vergogne et mes petits élèves sont très doués pour ça. Et dans leur sourire, j'y vois celui de mon Eurydice. Je suis aussi un visiteur médical tout ce qu'il y a d'officiel, maintenant. J'ai monté un tripot tout aussi officiel dans la salle commune. Une fois par semaine, c'est black jack, poker, et j'ai même déniché une belle table de jeu avec roulette. C'est quand même plus marrant que le bingo. Je vois régulièrement Ernest et Constance. Ernest m'a raconté comment, au fil des visites à Lanimal, ils avaient fait le lien avec moi, avaient parlé de mon cas, comment Lanimal avait tenu à m'envoyer vers mon passé pour mieux m'en défaire. Constance a fini par me convaincre de venir avec elle au service gynécologie pour parler aux parents dont l'enfant naît handicapé et qui pensent à le confier. Je me contente de leur raconter mon histoire, le poids du secret qui a plongé ma famille dans le marasme. Constance dit que c'est utile, que ça permet de réfléchir. Qu'à travers ma voix s'expriment tous les silences. J'aime bien cette idée.

Voilà, vous savez tout, jeune homme. Vous êtes resté attentif, c'est bien. Je pense que c'est une bonne idée, finalement, de m'occuper de votre apprentissage. J'aurais sûrement besoin de lever le pied dans les mois à venir et la boutique doit continuer à tourner. Oui, un éditeur me tanne pour que j'écrive mon histoire : j'avais refusé jusqu'à présent, je préférais me concentrer sur mon métier, parler d'Eurydice, d'Hoblitus Hortus. Mais Lanimal et les membres de la Ligue des Défenseurs du Dérisoire me manquent trop, il faut les faire revenir. Je suis en train de mettre mes notes au propre sur un ordinateur (Et oui, tout arrive). Je n'ai pas encore le titre mais je finirai bien par trouver, je me fais confiance. J'avoue que je pourrais peaufiner la chute. Je pourrais raconter que le commerce du titre est en plein essor : je titre du soir au matin. Pour les romanciers mais aussi pour les journalistes et les publicitaires. Ils disent que ça s'appelle du marketing. Voilà bien un mot qui ne se trouve pas dans mes tiroirs. Je fais aussi dans l'enseigne de boutique. Après avoir sobrement peint la mienne,

---

CHEZ VIRGULE-TITREUR

---

le fromager d'en face m'en a commandé une pour sa boutique :

LE PETIT JOJO AU LAIT

---

son surnom quand il était petit. Et je travaille sur celle d'Edouard, le poissonnier du bout de la rue :

AU DÉNICHEUR

du nom d'un vieux chalutier échoué dans lequel il jouait enfant. J'ai mis dans la vitrine le chinchilla empaillé de Lanimal, seul rescapé du naufrage de l'Impasse. Les gens sont intrigués, alors je leur raconte, et Lanimal est parmi nous. Les photos d'Eurydice sont encadrées à côté de la porte d'entrée. Je peux dire : « C'est ma petite sœur . »

Si j'étais audacieux, je pourrais aussi raconter que j'ai enfin traversé la rue, franchi le seuil du lavomatic, enjambé deux bacs à linge, cogné mon genou dans un hublot, pour parler à ma Lavandière. Je l'ai regardée droit dans les yeux. J'y ai lu sa lueur, belle, accueillante, et je me suis présenté. Elle m'a répondu dans un sourire qu'elle savait bien qui j'étais, qu'elle s'appelait Orphée, « mais non, c'est une blague je m'appelle Charlotte », qu'elle s'était inquiétée de ne plus me voir à la laverie, ni même au café, qu'elle était heureuse que je me sois décidé à lui parler et qu'on n'avait pas le droit de perdre tant de temps à « fuir le bonheur de peur qu'il ne se sauve », comme chantait Jane Birkin. Raconter que Charlotte est un feu follet qui coud comme je titre : avec délectation. Elle fredonne tout le temps un petit air, aime mettre les Beatles à fond dans la voiture en chantant à tue-tête All you need is love, *et qu'elle danse volontiers pieds nus dans le jardin. Je pourrais, mais ce ne serait pas vrai. Vous savez maintenant comme j'aime inventer des histoires.*

Quand j'ai enfin traversé la rue, le lavomatic avait été modernisé. Tout automatisé. L'alcôve de ma Lavandière obstruée d'un distributeur de jetons et de lessive. Des grandes pancartes partout pour donner les consignes. Pour une fois, je détestais les mots. Froids, impersonnels. J'arrivais trop tard. J'en fus anéanti. Et quand je me confiai à Marcelle – parce que maintenant je me confie aux gens. C'est tout nouveau, j'exprime mes sentiments et je demande de l'aide, ça marche bien – elle m'a répondu: « Tu t'attendais à quoi ? » Et elle avait raison. Deux ans d'amour béat sans oser l'aborder, est-ce vraiment de l'amour? On ne peut pas tout changer d'un coup.

Je suis donc toujours un peu seul. Mais moins. Différemment. J'ai fait de Solitude une descente de lit. Lanimal serait content. Ma vie est maintenant constellée de belles personnes à qui j'offre temps, attention et affection et qui me le rendent au centuple. Je prends mon café tous les jours chez Marcelle et joue régulièrement à la pétanque avec les frères Siamois. Si je suis enfin Virgile, je reste aussi Virgule et je ne m'oublie pas.

J'ai vendu la maison de mes parents, trop de fantômes arpentaient les lieux. Et investi dans un petit manoir, avec placard à balai. Une ruine dont personne ne voulait, au milieu d'un parc mal entretenu. J'ai toujours eu le goût des demeures mal aimées. La bouillotte est cachée dans la remise, à côté de la DS. On ne sait jamais, ça peut servir. Je veux garder l'endroit dans son jus car j'ai un grand projet :

> *LE GÎTE DE LA PAGE BLANCHE*

Chambre d'hôte pour écrivain en panne d'inspiration.

J'en ai vu trop de spécimens franchir le seuil de ma boutique. Perdus dans le labyrinthe de leur créativité sans trouver la sortie. Au 'Gîte de la page blanche', ils pourront se perdre mais dans les bois. Trouver l'inspiration sous un pommier en fleur, nager dans les eaux noires du gour, ou rêvasser devant un feu de cheminée. Il pleut encore dans la cage d'escalier mais j'ai déjà peint l'enseigne.

Une belle bâtarde anglaise. C'est ce qu'elle mérite.

Ce livre n'existerait pas sans :
La 8e symphonie de Dvorak, la symphonie n° 5 de Schubert et la compilation *Dreams in stone* des BO de films créées par Michel Berger (une pépite).

Les patientes explications de la vie du service gériatrique de ma chère et brillante amie, le Dr Emmanuelle B, ainsi que ses conseils et son amitié.

Les habiles relectures de Bérénice, Richard et Bonne Mame.

La correction affutée de Nicole.

Les encouragements, remarques judicieuses et critiques constructives de mon mari Romuald.

Les talents de ma grande Faustine, brillante et efficace entre deux avions, pour créer une jolie promo.

Les conseils de ma grand'mère romancière un peu sorcière (carrément même), qui ne me faisait pas de gâteaux mais annotait les épreuves de mes balbutiements d'écriture.

L'inspiration trouvée au sein de ma famille, mes amis, mes collègues, les lieux que j'aime et les croco Haribo.

A tous, un grand merci!

Printed in Great Britain
by Amazon